A FOFA DO TERCEIRO ANDAR

CLÉO BUSATTO

A FOFA DO TERCEIRO ANDAR

6ª edição

GALERA
junior
RIO DE JANEIRO

2024

CIP-BRASIL. CATALOGAÇÃO NA FONTE
SINDICATO NACIONAL DOS EDITORES DE LIVROS, RJ

Busatto, Cléo

B986f A fofa do terceiro andar / Cléo Busatto. – 6ª ed. – Rio de Janeiro:
6ª ed. Galera Record, 2024.

ISBN 978-85-01-10459-5

1. Ficção juvenil brasileira. I. Título.

15-21681 CDD: 028.5
CDU: 087.5

Design de capa: Marília Bruno

Texto revisado segundo o Acordo Ortográfico da Língua Portuguesa de 1990.

Direitos exclusivos desta edição reservados pela
EDITORA RECORD LTDA.
Rua Argentina, 171 – Rio de Janeiro, RJ – 20921-380 – Tel.: (21) 2585-2000.

Impresso no Brasil

ISBN 978-85-01-10459-5

para Elza

Primeira Parte

Baleia

1

Abril, sábado à noite, um ano esquisito. Ou melhor: quando tudo começou. Hoje resolvi escrever uma longa carta para você. Comecei um caderno agora. Uma espécie de diário. Não sei quando vou terminar. Preciso desabafar. Preciso falar, mas não quero críticas. Quero apenas que me ouça. Caderno não fala. Sorte minha. A primeira tarefa do dia foi comprá-lo, e optei logo por um de capa dura, duzentas páginas. Tenho certeza de que você não vai me olhar atravessado nem vai rir de mim. Vou começar me apresentando.

Olá, tenho 14 anos, um pouco menos de um metro e sessenta de altura, um pouco mais de setenta quilos. (Na verdade, muito mais de setenta.) Eu sei, estou no limite, mais um pouco e viro obesa. Fiz aniversário há poucas semanas, dia 19 de março. Meu nome é Ana, mais conhecida como a fofa do terceiro andar.

Para começar, quero que saiba que odeio este adjetivo. Odeio todos os adjetivos. Na escola, aprendi que adjetivos atribuem qualidades aos substantivos, e fofa é um adjetivo diretamente ligado ao substantivo Ana.

Ana sou eu, substantivo próprio, qualificado por outros tantos substantivos comuns, que ao se unirem ao substantivo próprio Ana o qualificam e o elevam à categoria de adjetivo. Por exemplo: Ana bola, Ana tonelada, Ana baleia... Por isso estou treinando para pensar, escrever e falar sem adjetivos, e ver as coisas como elas eram no momento que surgiram. Pedra é só pedra. Pau é pau. Menina é menina. Mãe é mãe. Pai é pai. Pronto. Agora vou pensar assim. Colegas, por exemplo. São apenas colegas e ponto final. Se quiser, fique à vontade e dê a eles todas as qualidades que achar necessárias. Você vai começar a conhecê-los daqui a pouco e então me dirá se tenho ou não razão.

Ontem foi um dia ruim. Muito ruim. Saí de casa às sete da manhã para ir à escola. Durante a aula de Educação Física, eu me enrosquei nas minhas pernas e me esborrachei na quadra de esportes. Foi naquela insuportável aula de basquete. Odeio basquete. Não tenho fôlego para correr. Não consigo pular. O professor sabe disso, mas não dá chance, não me deixa ficar no banco ou fazer outra atividade. Acha que tenho que ser igual a todos.

Aí eu vou. Tento. Estava jogando na posição de ala e me saindo bem. Pela primeira vez a bola estava em minhas mãos, e eu me aproximando do cesto... *plac... plac... plac...* próxima, muito próxima. Consegui driblar algumas adversárias, recuar, mudar de direção e avançar. A Giovana gritava para eu passar a bola, mas eu queria fazer aquela cesta. Quando fui dar o impulso para lançar, a Maria Clara se jogou sobre mim.

Não sei como aconteceu, mas ao tentar fazer um giro para trás com a bola, me atrapalhei e quando percebi estava no chão. E o professor, empinado, com seu peito de pombo, chacoalhando aqueles braços enormes e fortes, com a cara contraída, punhos fechados, em vez de marcar falta, gritava: "Está tudo bem, vamos continuar, foi só um tombo, vamos lá, levanta e reassume, Ana".

Saí da quadra chorando. Poxa. Bati forte o joelho e aquele insensível nem para vir olhar se eu estava bem. Ficou lá, do outro lado da quadra, berrando que estava tudo bem, reassume, reassume. Mas não estava bem. Abandonar o jogo foi a deixa para todos caírem na gozação.

Fui procurar a enfermeira. Ela limpou o ferimento e disse que foi só um arranhão. Caramba! Só o que ela sabia dizer era "acalme-se, está tudo bem, não foi nada!". Não foi nada para ela! Meu joelho doía. Sorte que era a última aula. Aproveitei e fui embora.

Moro perto da escola. Dá para ir caminhando. Fui chorando pelo caminho. Coloquei o fone de ouvido e andei de cabeça baixa com os meninos do Hot Chip me consolando. Maior que a dor no joelho era a dor que havia dentro de mim. Estava me sentindo sozinha.

No dia seguinte, um bochicho na sala de aula. Eles aproveitam para tirar sarro de tudo, e o motivo da gozação do dia era eu. Tudo porque levantei e fui embora. Garanto que se tivesse dado uns gritos irados, eles iam me respeitar. Não consegui.

Há pouco, minha mente se encarregou de repetir as cenas do tombo. As cenas do dia seguinte na sala de aula. O deboche dos meninos na quadra. A zoada das meninas do time contrário. O comentário daquele garoto insuportável, o Murilo, que passava de ouvido em ouvido feito telefone sem fio, "cara, nem te conto, a fofa do terceiro andar foi parar no chão", "cara, nem te conto, a fofa do terceiro andar escorregou no sabão e quebrou o bocão". Que raiva!

Eu sempre fui gorda. Característica da família. A avó, a tia, o pai, o irmão, a mãe. Todos. Gordos. A mãe faz regime para emagrecer. Uma família de ursos, dizia anos atrás. Agora não acha mais graça em fazer parte desta família de ursos e quer que eu também faça regime. Mas eu não gosto. É um tal de "não coma isso, não coma aquilo".

Eu adoro tudo aquilo que eles chamam de "porcaria". Devoro sacos de salgadinhos e quilos de hambúrguer com batata frita. Adoro bolo de chocolate com muito brigadeiro por cima. Coca-Cola. Fanta Uva. Caixas e mais caixas de Bis. Dane-se, se eu engordar mais, mais, mais. Que exploda!

Minha mãe conta que quando nasci era motivo de deleite para todos. Eles me olhavam e diziam: "Que bebê mais fofinho! Olha as bochechas dela! E que perninhas grossas... tão linda". Com um aninho: "Parece uma boneca. Que gorduchinha. Bilu...bilu...bilu". E lá vinha beliscão, com adjetivos, claro. Quando eu tinha 3 anos: "Que gracinha!". Aos 6: "Que menina forte!". Quando fiz 8: "Está meio gordinha, mas o rosto é lindo". Aos 12, 13, 14: "Fofa, balofa, baleia".

Foi então que comecei a entender o uso e o significado do superlativo. Por exemplo, balofa, para quando se quer dizer exageradamente gorda. Aos 10 anos entendi o que é ironia: "Se ela saltar, a piscina esvazia". Aos 12, já sabia o que era metáfora: "Gorda como uma baleia". Confesso, não gostei.

Enquanto escrevo, minha gata me observa com olhos mansos e insiste em deitar sobre o caderno. Acaricio sua cabeça e ela rola na escrivaninha, fica com as patinhas para o ar. Canto, e ela responde com miados dengosos.

Branquinha,
gata branquinha, Mia.
Doce, meiga, charmosa,
ferina tigresa,
pequena felina
minha.
Mia.

2

Estou gostando de escrever o que se passa comigo, de registrar sensações, sentimentos, sonhos e acontecimentos. Assim vou me lembrar de mim quando eu tiver, sei lá, 50, 70, 100 anos, e daquilo que eu sentia no momento em que escrevi.

Cem anos. Brincadeira. Ninguém vive tanto. Quer dizer, vive sim. A bisavó da Julia já tem 92 anos, faz hidroginástica, mora sozinha e viaja com as amigas. Forte e independente.

Quanto tempo será que a gente dá conta de viver? É. Digo dar conta, porque às vezes me parece difícil viver. Essa é uma sensação nova. Nunca havia me sentido dessa forma. Nunca experimentei o que ando sentindo ultimamente. Vou tentar explicar como é.

Você pode achar loucura, porque sou jovem e tenho a vida toda pela frente, como diz a minha avozinha. Mas, vou te contar, sinto borbulhas dentro de mim, esquisitices indefinidas, um aperto no peito que me sufoca e me rouba o ar.

Outras vezes parece que se abre um buraco no meu peito. Claro que não é físico. É do meu interior. Numa conversa com a minha mãe, ela explicou que o que diz respeito ao mundo interno tem a ver com alma e espírito. Para mim, até então, espírito era alma penada, assombração.

Começo a pensar num novo sentido para essas palavras. E agora? Alma e espírito são a mesma coisa? Sei lá. Preciso descobrir a diferença entre os dois. Eu curto esse papo místico, esoterismo. No meu quarto tenho uma prateleira com objetos que têm significado especial para mim.

Uma pedra de um rio que eu visitei. Uma pena azul que ganhei da Julia. Uma concha que recolhi na praia. Anjos, velas. A Iemanjá, presente da mãe. O Divino Espírito Santo em forma de pomba, presente da avó.

Ela falou que tenho uma natureza angelical, pois nasci no dia de um guardião da humanidade. Todas as pessoas têm um anjo protetor que corresponde ao seu dia do nascimento. Apenas cinco datas não são regidas por eles, mas pelos guardiões. Quem nasceu nessas cinco datas veio ao mundo com a tarefa de auxiliar espiritualmente a humanidade.

Essas pessoas receberam esse presente porque em outras vidas praticaram atos humanitários ajudando os seres vivos. Quem nasceu no dia 19 de março é representado pelo elemento éter. Não sei o que fazer com essa informação. Apenas sei dos momentos que pareço ter sido abandonada pelo anjo. A vontade é sumir do mundo.

Li trechos de um livro da minha mãe, em que a escritora dizia algo parecido com isso: "Vivi uma coisa que por não saber como vivê-la, vivi uma outra". É igual ao que sinto. Não sei bem como viver o que vivo, porque não sei o que vivo. É complicado...

Fico imaginando que a dor no peito pode ser princípio de ataque do coração, problema cardíaco por causa da gordura. Nossa! Veio uma imagem de mim, enfartando e morrendo sozinha, neste quarto minúsculo e escuro. Ai, não quero morrer! Socorro!

Influência das conversas dos adultos. Esses dias meu pai comentou que tinha dor no peito. A mãe ficou apavorada e marcou uma consulta no médico. Dizem que o meu avô, que tem pontes de safena, começou com uma dorzinha aqui, outra ali. Vai saber...

Eu sei que minha dor no peito tem outra causa, só não consigo ficar tranquila, porque não a conheço o suficiente. Tudo é muito novo dentro de mim. Há poucos meses, eu nem me dava conta de que havia peito. Agora estão crescidos e criaram um monstro dentro deles.

Bom... Vamos nomear corretamente as coisas. Quem cresceu foram os seios. Ainda não me acostumei a olhar no espelho e ver as protuberâncias. E o lugar que me dói e onde cresceu o monstro é o peito, mais precisamente, no espaço que fica entre os seios, no final do osso esterno — anatomia é comigo mesma.

Acho que dificuldades em se relacionar tornam a vida complicada e criam esse tipo de dor. Eu ando com problemas de relacionamentos. E isso vem acontecendo de uns anos pra cá. Tá certo, sou tímida e retraída. Sinto-me como um bicho estranho no meio das pessoas. Não me sinto bem em lugar cheio de gente. Não gosto de falar em público e prefiro os cantos aos lugares de muita evidência. Mas agora está demais. Parece que tudo se elevou à décima potência.

O que posso fazer? Sou uma garota de poucos amigos, mas eles podem contar comigo, em qualquer situação. Às vezes sou impulsiva e ajo sem pensar. Não guardo rancores ou mágoas de ninguém. Também não sou muito chegada às coisas que a maioria gosta.

Enquanto as meninas da minha idade vão passear com as amigas no shopping, prefiro ficar em casa, lendo. Enquanto algumas vão para as baladas, prefiro ficar em casa, lendo. Enquanto outras fazem terapia, leio e escrevo.

Enquanto várias meninas da minha idade só querem saber de namorar, ficar, eu quero escrever, escrever, escrever, como se isso pudesse arrancar de dentro de mim esta coisa pesada que enche meu peito.

Sou sonhadora, fantasiosa, e enquanto o mundo lá fora se agita, eu prefiro ficar quieta e ouvir Beatles, imaginando o mundo onde quero viver. "Palavras flutuam como uma chuva sem fim dentro de um copo de papel. Elas escorregam descontroladamente enquanto deslizam através do universo. Piscinas de tristeza, ondas de alegrias estão passando por minha mente aberta. Possuindo e acariciando-me. Nada vai mudar meu mundo." Amo esta música, "Across the Universe". Ela faz parte da herança sonora que recebi da minha mãe: a coleção dos Beatles.

Sou caseira. Quando quero me divertir vou para o computador, ouço música e busco os livros. Sempre gostei de ler. Comecei cedo, aos 4 anos. Os livros foram meus companheiros para todas as situações. Brigava com meu irmão, ia para o quarto ler. Discutia com a mãe, ia ler. Quando me sentia alegre, lia. Triste, lia.

Aos 9 anos, li o primeiro livro grosso, *Os miseráveis*, de um escritor do século XIX chamado Victor Hugo, que também escreveu uma história muito legal de um corcunda que toca os sinos da catedral de Notre-Dame, em Paris. Superlegal! Mas me acabei de chorar com *Os miseráveis*. Eu era a órfã da história e todos os desgraçados do romance. Com 8, li *Robson Crusoé*, do Daniel Defoe, e pedi ao meu pai para ele construir uma casa na árvore do quintal de casa. Meu pedido foi recusado.

Fiz companhia à Emília nas suas aventuras no sítio onde ela morava e li todos os contos de fada de uma enciclopédia da biblioteca da mãe. Adorei os romances de uma autora, que escreve sobre descobertas pessoais, Lygia Bojunga. Anos atrás li dois dos seus livros. Um deles fala de uma menina que tem uma bolsa amarela onde guarda seus segredos. Me identifiquei de cara. O outro fala de uma viagem de um garoto e um pavão.

Gosto de livros de fantasia e de literatura da Idade Média. Li os três volumes da saga do rei Arthur, de Guinevere e do reino de Camelot. Mago Merlim e Viviane, a sacerdotisa. Adorei as aventuras do bruxinho mais amado do século XXI e estou lendo um livro enorme sobre a busca do anel do poder.

De tanto o meu pai falar que eu precisava conhecer o universo onde seus pais viveram na juventude, fui atrás de um autor gaúcho, Érico Veríssimo, que escreveu sobre os moradores dos pampas. Eu me encantei com uma personagem, uma jovem quase da minha idade, que se apaixonava por um índio. Os dois tiveram um filho, o precursor de uma longa história. Quando o pai da garota ficou sabendo do romance dos dois, matou o moço. O mais louco é que o índio tinha visões e contou à namorada que seria morto por dois homens, e eles o enterrariam aos pés de uma árvore frondosa. Coitados. Os dois se gostavam tanto.

Sou curiosa. Não rejeito nenhum livro, seja romance, aventura ou esotérico. Gosto de astrologia, de livros que falam sobre as experiências que as pessoas fazem consigo próprias e que permitem descobertas sobre si e sobre o mundo.

Mamãe é psicóloga e possui muitos livros diferentes, de caras que escrevem sobre consciência, crescimento espiritual, essas viagens. Muitos eu não entendo. Leio páginas soltas, frases, mas sempre encontro um trecho que faz sentido para mim.

A minha infância foi uma delícia. Eu lia e criava mundos e personagens. Na casa onde a gente morava, antes de mudar para esse apartamento, havia uma varanda com flores perfumadas e cadeira de balanço. O embalo me levava a lugares imaginários. Eu era a princesa que morava num castelo nas nuvens. A artista de cinema. Como é bom sonhar de olhos abertos!

Agora, quando bate o desassossego, me tranco no quarto e dou forma à dor por meio da escrita. Este foi o argumento da minha mãe ao sugerir a criação de um diário. Como santo de casa não faz milagre, eu precisei de um reforço externo.

Agora entendo o porquê da sua insistência. "Escreva o que sente, registre seus sonhos, suas intuições." A mãe contou que um psicanalista fez isso durante anos da sua vida e as anotações geraram um livro que é referência na área.

Ok. Com este caderno tenho folha suficiente para relatar, com precisão de detalhes, todos os afetos que me tomam, me viram do avesso e me transtornam. Um dia saberei para que ele serviu. Às vezes tenho a sensação de ser possuída pelo espírito brincalhão de algum escritor errante. Escrevo. Escrevo. Escrevo. E quando termino estou mais lúcida e calma. E dá até para sorrir.

3

Hoje quero apresentar algumas pessoas que fazem parte do meu universo. Não que as tenha escolhido, mas elas estão aqui. Moro no mesmo prédio de um colega da escola, o Otávio. Um deus grego. Os cabelos lisos e a franja que cai sobre um olho e lhe dá um ar misterioso. Moreno, quase negro. Olhos de jabuticaba. Faz musculação, todo forte. Deve ter 16, 17 anos.

O seu defeito é ser metido. Daqueles que não olham para os lados quando andam. Mal cumprimenta as pessoas. Sempre com o queixo empinado. Mãos apoiadas no bolso traseiro daquelas calças que despencam e deixam ver parte da bunda. Fico toda atrapalhada quando cruzo com ele. Otávio percebe. Ele é bem mais alto que eu e me olha de cima, com a beira do olho e diz apenas "oi".

Quando mudamos aqui para o condomínio, tentei puxar conversa, mas ele não deu muita bola. Apenas nos cumprimentamos. Ele mora no quinto andar e eu no terceiro. Dias atrás tomei o elevador e, por azar, lá estava ele, com os amigos. Os meninos ficam mais valentes quando estão em grupo. As meninas também. Eu é que sou meio bicho do mato, como diz meu pai, e vivo sozinha.

Então... Por azar, o elevador parou entre o segundo e o primeiro andar. Pânico geral. "Estou sufocando", dizia um. "Estou com medo", zoava o outro. "Falta de ar", o terceiro. "Se ao menos a fofa não ocupasse tanto espaço...", riram os quatro.

Reticências no ar. Essa fala, disparada feito bala de canhão, foi dita pelo quarto garoto, com um ar meio distraído, meio do mal, sabe como é? Como se estivesse falando sozinho ou pensando alto. E quem disse isso? Quem? Quem? Otávio, lógico. É a cara dele. Em seguida parece ter se dado conta da indelicadeza, ficou um clima, um silêncio mortal naquele espaço um por um. Ninguém ousava nem respirar. Depois de alguns segundos, que se pareceram horas, ele tratou de consertar: "Vocês conhecem a Ana? Ela é a nossa fofa, a fofa do terceiro andar".

O elevador deu um tranco e voltou a funcionar. Providência divina! Eu nem sequer conseguia abrir a boca. Ela estava cheia de soluços. Os olhos cheios de lágrimas. O peito querendo explodir. Nesse dia descobri que dor no peito pode ser raiva, pode ser humilhação. É dor de dentro. Dor que dói mais que dor de dente.

Na escola, quando demoro a resolver algum exercício, a professora de Matemática faz de conta que tolera minha lerdeza, que é um poço de paciência, mas eu sinto, no seu suspiro, que ela me desaprova e não tem a mínima calma para as minhas dificuldades. É uma mulher bonita, jovem e mal-humorada.

Ela diz: "Vai, Aninha, vai, fofinha, coragem. Você vai conseguir". Fofinha é ainda pior que fofa. No íntimo sei que ela está querendo dizer: "Que garota mais burra, é tão simples. Todos já acabaram, menos ela".

O pior é que eu também acho isso. Sou uma burra mesmo, uma gorda que nunca vai conseguir fazer as coisas direito. Sou uma errada. Nasci errada e acho que vou morrer errada.

Ah! Quer saber? Cansei de escrever sem adjetivo, de pensar sem adjetivo e de viver sem adjetivos. Professora não é apenas professora. Ao menos a de Matemática não é. Colega não é apenas colega. Menina não é apenas menina. Ela pode ser burra, desengonçada, chata. Ou inteligente, legal, bonita, graciosa. Não foi isso que o professor de Educação Física falou durante sua aula? "A Magali é tão graciosa nos seus movimentos." Cheio de elogios para ela.

Ele, todo lindo, não tem olhos para as gordas. Só para garotas bonitas como a Magali, que tem cabelos que dançam em conjunto com seus movimentos. Nem um fio fora do lugar. Retos, lisos, longos, iguaizinhos aos da propaganda de shampoo. Já os meus são rebeldes, ruins, não há pente que dê jeito. Crespos, embaraçados, eriçados. Ela, com movimentos precisos e preciosos. Eu, atrapalhada e desengonçada.

A Eliana, da sétima, é a maravilhosa da escola, e os meninos suspiram por ela. Acho que é uma metida. Tem uns "air bags", que vou contar... Usa tênis da moda, jeans apertado e se maquia para ir à escola. Claro que os meninos percebem e gostam. Aí ela não para mais. Fica fazendo charme, enrolando os dedos nos cachos dourados. Todos ficam parados, olhando com cara de bobos.

Quando anda, eles acompanham seu andar com os olhos, e com as mãos imitam o balanço do seu corpo. Ela sabe que é bonita e parece que faz de propósito. Deve ficar horas se arrumando só pra provocar. Eu já a encontrei fora da escola e vi que tudo o que ela usa fica bem: vestidos, top, short. Short? Em mim nem pensar. Só uso abrigo, calça jeans com camiseta larga e comprida, pra disfarçar a gordura. Já cansei de ouvir os meninos rindo do meu corpo, enquanto faziam comentários tipo, "olha os pneuzinhos da gorda!".

No dia seguinte ao tombo, ficou aquele zum-zum-zum na sala, em meio a risinhos disfarçados, e a Paula gritou: "Para, gente. Vocês não percebem que estão ofendendo a Aninha? Ela é gorda, mas é legal, viu?".

Ôoo... Muito legal! O que será que ela quis dizer com esse "é gorda, mas é legal?". Aprendi também que intenção significa aquilo que realmente se pensa, independentemente do que se diz. Meu pai vive falando: "Sou gordo, mas sou feliz". Desconfio que a intenção seja outra. Apesar de gostar, ele não joga futebol com os amigos, porque fica cansado; não pode andar depressa, porque fica cansado; está sempre fazendo exame para ver se a saúde está em ordem. Quem é feliz assim?

Odeio minha gordura, odeio meus cabelos, odeio esta porcaria de vida.

4

Meu caderno, você está se tornando um amigo íntimo. Quanta coisa já lhe contei, hein? Tá certo que tenho sido irregular nas visitas. Mas quando volto e conto as histórias que acontecem comigo e poucos ficam sabendo, é um alívio. Tem assuntos que nem a Julia, minha querida amiga, minha única e querida amiga, meu ouvido e coração, sempre aberta às minhas alegrias e tristezas, fica sabendo. Só para você eu relato a minha dor por inteiro.

Todos pensam que eu sou a garota mais feliz da rua, do bairro, da cidade, do planeta, só porque nasci com um sorriso pendurado nos lábios. Mas ele não revela as verdades do meu ser angustiado e melancólico. Olha só! Acabo de descobrir um adjetivo coerente com o meu estado de ânimo atual. Sou uma garota melancólica.

É da minha natureza housepisciana este olhar molhado e a expressão que parece falar ao mundo: eu sou feliz e nada me atinge. Mas, enquanto meu sorriso compassivo e doce sugere a impressão de que estou gostando de tudo e de todos, dentro de mim chora uma Ana insegura, faminta de atenção e carinho.

Que eu gosto de tudo e de todos é verdade. Quer dizer, quase todos. Quase tudo. Gosto dos animais, dos velhinhos, das crianças, e me sinto triste ao ver as pessoas abandonadas nas ruas, morrendo em guerras e conflitos. Gosto da natureza e me preocupo com o rumo que o mundo toma. O ar já não é puro, nem a água saudável. As pessoas morrem de fome, de sede e de falta de amor. Os adultos ficam se matando em guerras imbecis. Matam-se por pouco, nas ruas e dentro de casa. Estamos carentes de paz.

Tem um casal aqui no condomínio que grita tanto com seus filhos, que eles já aprenderam a gritar com seus pais e com as outras pessoas. Imagina, um dia desses, eu vi um dos filhos do casal, um garoto de 8 anos, falando com o porteiro do nosso prédio de uma forma tão grosseira e arrogante... fiquei envergonhada em ser da sua espécie.

Logo, é mentira, mentira, mentira que meu sorriso está sempre querendo dizer olhem como estou de bem com o mundo. Tenho vontade de costurar estes meus lábios sempre virados para cima e criar neles a máscara do palhaço triste que trago dentro de mim. Tem como mudar? Não sei. A Julia vive dizendo que eu devo olhar para mim com olhos mais compreensivos e não ser tão exigente. Como posso mudar? O que posso fazer se sinto a dor do mundo e isso dói dentro de mim? O que posso fazer se ela gruda feito carrapicho?

5

Primeira sexta-feira de agosto, três horas da tarde. Ano 14. Esta Ana que agora lhe escreve se despede dela própria. Quem irá acordar amanhã será outra pessoa, não sei quem, mas com certeza não será essa que agora se vai.

6

Odeio domingos. São maçantes e intermináveis. E hoje está sendo um domingo insuportável. Chove e faz frio. O inverno parece não ter fim. Meu pai assiste ao jogo de futebol, e o som alto da televisão invade o meu silêncio. Fico angustiada de ouvir a narrativa sem graça e não consigo me concentrar, nem na leitura, nem na escrita. Não gosto de futebol. E não gosto de domingos, eles têm cara de futebol.

Minha mãe, minha avó e minha tia ficam inventando comida para engordar. Mal terminaram de almoçar e já começaram a combinar o que fariam para comer à tarde. Decidiram que iriam fazer *grostoli* acompanhado de café com leite. Adoro.

Vamos lá. Exercício de descrição. Detalhar minuciosamente alguma coisa até transformá-la na própria coisa. *Grostoli*: massa doce, fininha, na forma de losango, com dez a quinze centímetros de comprimento, cinco de largura. No meio, um corte longitudinal, por onde se passa uma das pontas e se dá um nó. A massa fica com cara de laço de presente. Essa forma simpática é frita em óleo quente e forrada de açúcar com canela. Deliciosaaaa. Quinhentas calorias cada. "O dia está frio e pede a combinação", falou a tia. Tudo o que elas fazem é saboroso e engordativo.

Ontem foi um dia ruim e anteontem foi um dia péssimo. Pessimamente ruim. Só mesmo os superlativos para me ajudar a criar a dimensão do que foi. Um dia cinza. Daqueles em que eu nem deveria ter saído da cama. Daqueles de ficar com a cabeça enfiada embaixo dos lençóis.

Eu procuro aceitar as pessoas como são. Aprendi com minha mãe. Ela me ensinou que cada um tem seu jeito de ser, com qualidades boas e ruins. Mas nem todos pensam desse jeito. Começo a acreditar que alguns têm prazer em maltratar os outros. Parecem se divertir quando os ofendem e humilham. Deve fazer parte do caráter deles. Afinal, se não houvesse esse tipo de ser humano não haveria tanta injustiça no mundo.

Admito que eu seja desajeitada e atrapalhada. Muito disso por causa da gordura. Às vezes não consigo passar pelos lugares, entalo, esbarro nos móveis, preencho muito espaço, coisas do gênero.

Ah, meu caderno, desculpa se encho suas páginas com minhas reclamações. Caramba! Eu vivo pedindo desculpas. A expressão mais usada no meu vocabulário é: "Desculpa, sinto muito, foi sem querer". Sexta-feira eu usei vários "sinto muito". Repeti exaustivamente, sinto muito, sinto muito, sinto muito.

Além do acidente na aula de Educação Física, meses atrás, agora mais um, sexta, durante o recreio. Foi horrível. Tão horrível que resolvi descrever tudinho, todos os detalhes dessa tragédia, para que eu nunca mais esqueça que posso mudar o que não me faz bem.

Mas isso eu digo hoje, porque sexta, o que eu mais queria era que abrisse um buraco na terra. Um buraco bem fundo. E que eu caísse dentro dele e desaparecesse para sempre. As pessoas perguntariam: "Por onde anda a fofa?". E alguém responderia: "Sumiu. Não tem mais fofa. Acabou".

Ontem fiquei trancada no quarto. Não quis falar com ninguém. Só aceitei a presença silenciosa da minha gata Mia e da Janis Joplin cantando "Maybe" para mim. Chorava compulsivamente. Lufadas de choro transbordavam de dentro. Não sei de onde saiu tanta lágrima, tanto soluço. Estava incontrolável e inconsolável. Por mais que eu dissesse "calma, tá tudo bem", eu não tinha controle sobre o desespero.

Aumentei o volume dos toca-discos e deixei a Janis cantar bem alto, *summertime... honey, nothing's going to harm*, no velho e bom vinil da mãe. Tinha vontade de morrer. Cheguei a pensar nisso. Mas fiquei na dúvida sobre a forma. Pular pela janela? Não tenho coragem. Tomar um monte de comprimidos com bebida alcoólica? Não ia dar certo, mesmo porque eu não tenho acesso a esses comprimidos e muito menos à bebida. Cortar os pulsos? Dói muito.

Meu olhar cruzou com os anjos. Lembrei-me de orar e pedir que me dessem luz. Caramba. É muito ruim ficar nesta aflição. Não sei o que fazer. Rezei e desisti da ideia de me matar. Além do mais, sou muito jovem para morrer.

É. Sou dramática, sim, meu caderno. Como uma atriz de novela, daquelas bem sofridas, ou daqueles filmes antigos, que a mocinha punha o dorso da mão na testa e pendia para trás. Acho que vou ser atriz! Na verdade, não é nenhuma desgraça irreversível o que me aconteceu. Doído, sim, mas já sei o que fazer com a experiência.

Eu já havia rezado e me acalmado, quando ouvi os passos e a voz da mãe no corredor. Tratei de apagar a luz e fazer de conta que estava dormindo. Ela entrou e comentou: "Esta menina não tá bem. Já dormiu? Não são nem nove horas". A vontade que eu tinha era de falar: "Sai daqui, por favor, me deixa só". Aí ela iria dizer: "Isso são modos de falar com sua mãe?". E eu iria responder: "Que saco, não se pode ficar em paz?".

Pronto. Estaria armado o circo. A sorte é que resolvi agir com inteligência e adormecer para o mundo. Bela adormecida. Acordar cem anos depois nos braços de um príncipe encantado.

Hoje acordei diferente. Não há príncipe me esperando aos pés da cama. Mas também não há mais o desespero de ontem. Uns pingos de angústia, sim. Ao menos os pensamentos ruins foram embora. Rezar acalma a dor. Acordei decidida a registrar todos os detalhes do acidente. Vamos lá, Ana Vitta, capricha, lembre-se de tudo. Descreva cada lágrima, cada grito calado, cada abraço não recebido.

Droga. Está difícil me concentrar. Esta casa virou uma Torre de Babel recheada de sons inteligíveis. O locutor de futebol berrando feito um louco na sala de TV. Franz Ferdinand e Charlie Brown a todo volume no quarto do meu irmão. As três na cozinha disputando, com a bateção de panelas, quem vai falar mais alto.

Eu não consigo. Eu preciso de silêncio. Silêncio. Não consigo ouvir nem sequer meu coração. A chuva parou. Vou andar no parque. Noutra hora descrevo a sexta-feira. Darei ao texto o título: Impressões da alma materializadas no papel.

7

Apesar de não ser muito ligada em caminhar, ter saído para andar, no domingo, me fez bem. Meu corpo é muito pesado e isso torna uma ida à esquina uma tortura. Mas devo reconhecer que andar ajuda a silenciar o povo de dentro, esses que ficam falando dentro de nós. Foi isso que descobri ao caminhar, ainda que não considere andar como meu exercício preferido. Mesmo.

Eu li um livro que relacionava o ato de andar com a ideia de peregrinação, uma imagem poética que lembra o movimento de caminhar para dentro, caminhar em direção à alma. Não entendi muito bem, mas foi com esta disposição que decidi caminhar no domingo, e me fez bem. Eu dizia para mim: "Você está peregrinando, Ana, concentre-se e continue. Peregrinando, vai".

O parque estava praticamente vazio. Até os patos que nadam no lago estavam recolhidos. A trilha em torno estava úmida. Algumas poças d'água e trechos inundados. A luz do final da tarde nublada parecia filtrada por uma lente leitosa. As árvores brilhavam e pingos de chuva permaneciam pendurados nas folhas e galhos. Uma névoa rala escondia o horizonte e dava um ar melancólico e distante para o ambiente.

Uma jovem surgiu da neblina. Tudo nela saltitava. O rabo de cavalo, a malha amarrada na cintura, a manga larga da camiseta. Um cachorro vinha atrás. Tudo nele saltitava. O pelo longo, a língua fora da boca, a saliva.

Eu olhava tudo como se fosse a primeira vez que visse aquilo. Nunca tinha observado um parque em dia de chuva, névoa, pessoas correndo. À medida que eu andava, silenciava. Como se caminhasse nos parques do meu mundo de dentro. Sensação de estranhamento misturada ao deslumbramento diante do novo. Quando me dei conta, estava num estado meditativo que desencadeou uma sequência de visões, ideias, pensamentos prontos e a clareza sobre o que tem acontecido.

De repente, não sei de onde, surgiu à minha frente uma mãe empurrando seu filho numa cadeira de rodas. Os dois vestiam casacos impermeáveis e capuz. Riam. A mãe cantarolava uma canção que me levou para um tempo desconhecido, ao mesmo tempo querido e desejado, enquanto dançava com a cadeira do garoto, que parecia ter a minha idade.

O menino era torto. As mãos voltadas para dentro se fechavam em direção ao punho. Os dedos retesados grudados na palma da mão. A coluna parecia a letra S. O pescoço pendia sobre o ombro esquerdo e a cabeça parecia não pertencer àquele corpo.

Percebi que ele não falava, apenas emitia sons. Mas ria. Dava a impressão de estar feliz e de bem com a vida, mesmo numa cadeira de rodas. Passaram por mim e me cumprimentaram. A mãe fez uma coreografia com a cadeira do menino e me circundou. O menino sorriu para mim. A mãe soltou um "boa tarde" cheio, tão confiante e verdadeiro, como há tempos não ouvia.

Afastaram-se dançando. Fiquei lá, olhando os dois sumirem na curva do parque, reflexiva e com lágrimas nos olhos. Aquela aparição provocou uma avalanche de imagens e pensamentos, que não paravam de chegar. Eu mal dava conta de recebê-los e entendê-los.

Sentei num banco, mesmo molhado, e deixei o olhar se perder na curva. Fui lançada para longe dali, dentro de mim, num espaço desconhecido e escuro. Fiquei inerte durante alguns minutos, não sei quantos. Um, dois, cinco, dez. Uma lufada com pingos de chuva gelada atingiu meu rosto. Despertei.

A luz ofuscante do entardecer tratou de me devolver ao presente, ao banco, ao parque, e o que era escuro e disforme adquiriu luminosidade e precisão. Comecei a ver nitidamente, como num filme em cinza e branco, o que sou e quem sou.

Ana Vitta é uma garota amável, alegre e confiante. Saudável, apesar de gorda. Tímida, sim. Mas não há nada errado com ela, a não ser uma incapacidade de se aceitar como é. Fui clara?

Nem sempre foi assim. Lembro que até os 8, 9 anos, eu vivia rindo. Não esse riso hipócrita que se instalou no meu rosto, mas um riso verdadeiro, que se manifestava no brilho do olhar. Não havia preocupações. Pintava papéis e o meu corpo roliço. Cantarolava e representava sozinha. Era a médica que cuidava dos bebês. A dançarina. A cantora. Era a professora e a fada que transformava tudo num céu de estrelas. Brincava com minhas amigas. E lia.

As brumas, o andar contemplativo, o olhar para o entorno verde, a atenção voltada para os sons das cigarras, cantos de pássaros, o encontro com os dois no parque quase vazio, tudo isso me conduziu para um espaço fora deste mundo e, nele, me reconheci como a garota do bem, criadora, criativa e compassiva, que realmente sou.

Do movimento ritmado do meu andar pesado, brotou uma inspiração que me aproximou de coisas boas que fazem parte de mim, mas que vêm sendo sufocadas pelas críticas e deboches. Tenho vivido um rocambole de emoções, com efeitos especiais produzidos por situações trágicas e doloridas. Tenho me deixado levar pelo olhar cruel do outro. Tenho me misturado demais. Mas tudo isso está na iminência de acabar.

Sim. Tudo se encaixa para um novo movimento.

8

Impressões da alma materializadas no papel. Agosto, sexta-feira. Cantina do colégio lotada. Alunos e funcionários alvoroçados. Pressa para acabar a semana. Correria. Burburinho. Entra e sai. O pessoal do balcão se esbarrando para dar conta da urgência dos fregueses. Alunos impacientes. "Pô, estou aqui há cinco minutos." "Dona Regina, meu x-salada?" "Poxa, Camila, este pastel tá gelado, esquenta mais um pouco."

Eu não estava bem. Havia acordado estranha de uns sonhos esquisitos. Tentava atravessar uma ponte pênsil. Quando chegava à metade do caminho, ela se curvava em direção à água e nós desaparecíamos dentro dela. Nesse movimento inesperado, me afogo, me debato, luto para sobreviver. Com a mesma velocidade com que a ponte se inclinou, ela retornou à forma inicial. Acordei sufocando com a saliva.

Na terceira aula, avaliação de Filosofia. Fui supermal. O professor é um cara indelicado e dono da verdade. Quando começamos a discutir os assuntos da aula, ele nos corta, simplesmente acaba com a participação, dizendo que não entendemos nada, e se põe a mencionar os filósofos que ele curte, sempre com citações chatas e complicadas.

Foi ele quem disse, no primeiro dia, que sua aula serviria para nos ensinar a pensar, discutir e colocar nossos pontos de vista. E quando fazemos justamente isso, ele não aceita. Corta. E tem um argumento na ponta da língua para questionar e desmontar qualquer opinião. Nossos pontos de vista não fazem a mínima diferença para a sua aula e sua sabedoria. Os únicos que estão certos são seus filósofos mortos, e ele, lógico.

Era com esta disposição que eu me dirigia para a única mesa vaga da cantina, disputada na corrida com um menino do sexto ano. Minha mochila chegou primeiro e se esparramou na mesa. O garoto não gostou de ter perdido o lugar. Fazer o quê. Eu não queria lanchar em pé e nem no pátio.

Fui salva pelos seus colegas, que o chamaram para compartilhar uma mesa. Como desforra, os três me sacanearam, imitando meu andar com a ajuda dos braços e inflando as bochechas. Dei de ombros e agi como uma menina da idade deles.

Pedi a dona Regina um sanduíche bem grande, com dois hambúrgueres e bastante maionese. Um pacote de batatas fritas grande e um copo duplo de refrigerante. Ela tenta me demover da ideia oferecendo suco de laranja e um pastel assado. Eu agradeci e confidenciei: "Dona Regina, hoje eu vou sair do regime. Está vendo o sanduíche daquele menino? Quero um daqueles".

Ela riu, pois sabe que eu não faço regime algum, e solicitou o lanche ao rapaz da cozinha. Eu entrei na cantina com o intuito de comer algo leve, mas ao ver os dois meninos pequenos, também gorduchos, deliciando-se com o lanche que o Ricardo sabe fazer tão bem, não resisti.

Um deles devorava um saco de batatas, bebendo refrigerante no gargalo. O outro comia, com a voracidade de um *viking,* o sanduíche com dois hambúrgueres, sem nenhuma cerimônia ou bons modos. O menino só via a comida à sua frente. Tinha a cara lambuzada. A gordura do sanduíche escorria pelo canto da boca e pingava na camiseta.

Ele não estava nem aí. Limpava a gordura com as costas das mãos e depois na roupa. Mas havia tanto prazer naquele ato, que fiquei com a boca repleta de saliva e resolvi dar uma de *viking* também. A gula falou mais alto e decidi me deleitar. Afinal, era sexta-feira, tinha me saído mal na prova e tido sonho ruim. Precisava de algo dessa natureza para contrapor o quadro matinal.

E lá estava eu, voltando do balcão com a bandeja do lanche. Um supersanduíche, é bem verdade. Para compensar o estrago, aceitei uma alface entre as camadas de pão, carne e queijo, que receberam doses generosas de maionese, ketchup e mostarda. Estava pronto o cardápio.

Eu não havia tomado café da manhã. Acordei atrapalhada e atrasada. A fome era muita. Meus pensamentos estavam lá no rio, onde quase me afoguei. Revivia as sensações do sonho e nem vi uma integrante da turma das lindonas da escola — ah! *aquelas* meninas do Ensino Médio — vir para cima de mim. Quando me dei conta, já tinha derrubado a bandeja sobre ela, escorregado na Coca-Cola e ido parar no chão.

Que cena! Arrancada das águas do rio e lançada diretamente no chão da cantina. A primeira coisa que chegou a mim foi a voz daquelas pestes do sexto ano dizendo bem alto: "Bem feito, Ana Tonelada, se estatelou no chão".

Em seguida foi a vez de a garota se tocar e ficar fora de si. Começou a me xingar de gorda inútil, desastrada, estrupício. Gritava "idioooota", completamente histérica. Fez o maior escândalo. Todos os olhares se voltaram para nós. Ela, a vítima, eu, a desastrada. "Sinto muito, sinto muito, sinto muito, eu não fiz por querer, juro, desculpa", eu dizia. Mas a insensível continuava a gritar: "Que depressão!!! Olha a minha roupa. Que raiva!!! Olha só o que você fez, garota tonta".

Ela, toda elegante e reta, eu, toda torta, desconjuntada. Suas colegas vieram ajudá-la a limpar a roupa e recolher seus pertences. Solidárias e compreensivas! "Olha só para você", dizia uma. "Seus cabelos estão melecados, Juliana, acho que sua escova foi para o espaço", brincou a segunda. E ela: "Menina besta, gorda desengonçada, você é um obstáculo no caminho das pessoas, não percebe?". Ajeitou a saia, jogou a cabeça para trás e saiu chutando o chão.

Eu fiquei ali, no piso da cantina, olhando para os hambúrgueres encharcados de refrigerante. Eles e eu. Iguais em tudo. Uma massa disforme, mole e esparramada. Enquanto estava no chão frio da cantina, passou um filme pela minha cabeça, e as cenas eram passagens da minha infância.

Eu devia ter pouco mais de 2 anos, estava sentada numa cadeira alta e minha mãe me dava de comer, enquanto dizia: "Come tudo, minha filha. Você não vai sair da mesa enquanto não acabar". E punha mais uma porção de espaguete no prato. A voz da minha avó também ressoava dentro de mim. "Come mais, come mais. Essa menina comeu tão pouquinho!"

Engraçado. À medida que escrevo, sinto outra vez aquela raiva que senti durante o tombo. Ela rasgou meu peito, que, de tanto doer, se partiu. Eu, a fofa do terceiro andar, largada no piso da cantina, com todos os olhares voltados para mim. Eu via tudo em câmera lenta: os risos, cochichos. Como num filme de horror. Os rostos se aproximavam e se afastavam. As línguas de fora. Olhos esbugalhados. Um falatório interminável e deboches disfarçados. O gosto amargo na boca. O eco que insistia em ferir meus ouvidos...

... Ana Tonelada se estatelou no chão... Ana Tonelada se estatelou no chão... Ana Tonelada se estatelou no chão... Ana Tonelada se estatelou no chão.... Ana Tonelada se estatelou no chão... Ana Tonelada se estatelou no chão...

Juro que não tive culpa. Aquela menina não olhava para a frente. Seu nariz empinado estava voltado para o teto. Ela não me viu. Juro. Ela é do tipo de pessoa que não vê as outras. Veio para cima de mim. Entalei, entre ela e as outras pessoas, em meio às mesas e cadeiras. Não tive para onde ir. Acabei esbarrando de frente. Desastre.

Fiquei lá, no chão, lambuzada de refrigerante e vergonha, com batata frita pendurada na blusa, hambúrguer na cabeça, maionese na calça e alface nos pés. Ninguém, nenhuma alma viva para me ajudar a levantar. Apenas a voz da dona da cantina soava distante: "Levanta, Ana. Vai ao banheiro se limpar. Levanta a cabeça e vá em frente, menina. Isso acontece com qualquer um". Acontece com qualquer um... Até parece, devia acontecer com você, sua chata.

Do chão, cruzei o olhar com o de algumas garotas da minha sala, que não ligam para ninguém a não ser para elas três. Chegam juntas, sentam juntas, lancham juntas e saem juntas. Pareciam estar se divertindo com a cena. Quando encarei aquelas caras insensíveis, elas fingiram que não estavam olhando e fecharam o riso. Mas deviam estar gargalhando por dentro.

Aos poucos, fiquei em pé. Com dificuldade, é claro, como é meu jeito de levantar. Apoio um joelho, depois outro, para sustentar o peso e ficar na vertical. Agregado a ele, o peso da humilhação. Arranquei do corpo as batatas. Joguei no chão a alface assustada. O hambúrguer pulou sozinho.

Deixei tudo para trás: bandeja, copo, sanduíche, moedas, dor, choro. Saí andando, cabeça erguida. Não olhei para os lados. Sequei as lágrimas com o dorso das mãos. Eu estava melada, emporcalhada de Coca, comida, chão sujo e vergonha.

Naquele momento, nada mais existia para mim. Nada, a não ser um pensamento: mudar, mudar, mudar, mudar. Mudar tudo. O que sou, como penso, quanto peso, quanto valho. Só uma certeza no meu peito doído. Ninguém mais iria rir de mim. Ninguém. Eu riria antes de qualquer um. Naquele instante, decidi que iria testar a minha capacidade de levar decisões adiante.

Ao voltar do banheiro, passei na sala de aula quase vazia. Lá estavam apenas dois colegas, que não deviam estar sabendo do ocorrido. Peguei meu material e fui saindo. Eles disseram: "Ei, Ana, tem prova de Matemática, tá lembrada?".

Não sei como aconteceu, porque este não é meu jeito de falar, mas respondi, sem o meu costumeiro riso na cara: "Dane-se a Matemática".

Ao chegar em casa, antes do horário e com os olhos inchados, minha mãe quis saber o que aconteceu. Contei pedaços da história. Só aqueles que não me faziam tanto mal. Contei fatos. Não contei, por exemplo, como me senti. Não falei da humilhação e tampouco da decisão. Fiz de conta que foi um tombo qualquer, como os tantos que já levei, acrescido de um detalhe chato, machuquei o joelho outra vez.

No chão da cantina, decidi que mudaria o rumo da minha vida. Reforcei essa decisão na caminhada de domingo. O tombo me mostrou que eu posso ter a vida em minhas mãos e fazer dela o que eu quiser. Poderia ter saído da cantina de cabeça baixa, aos prantos, correndo, envergonhada. Mas não.

Pela primeira vez na minha vida assumi que sou muito mais que uma gorda inútil. Foi uma descoberta doída, que veio embrulhada em dúvidas e incerteza. Mas também animada pela coragem e a determinação de fazer grandes viradas. E vou fazer.

Naquele momento, enquanto olhava o mundo de baixo para cima, envolvida por uma emoção única, misto de solidão, tristeza e dor, o sentimento mais penetrante que já senti nestes meus poucos 14, quase 15 anos, decidi que iria perder todos os quilos que entalam na minha garganta.

Juro. Aos 15 anos vou fazer uma revolução na minha vida. E ela já começou. São dez da noite. Fecho o diário e vou dormir.

Segunda Parte

Fênix

9

Uma semana após o tombo na cantina. Hoje a mãe veio conversar comigo. Sábado é o dia que ela resolve entrar nos quartos, dar uma geral nas roupas, armários e resgatar pratos, talheres, calças e cuecas que meu irmão vai acumulando embaixo da cama durante a semana.

Ela entrou aqui, tirou o fone dos meus ouvidos — *bye bye* Rita Lee *bye bye* ovelha negra —, colocou minhas mãos entre as dela e começou um papo. Ela percebeu que não foi apenas mais um tombo, como declarei, e que esse mexeu bastante com a minha autoestima, porque passei mais tempo do que o habitual fechada dentro de mim e do meu quarto.

Nesta semana, não fui à escola. No sábado, após o dia do tombo, passei no pronto-socorro logo cedo, porque meu joelho amanheceu com cara de tomate. O ortopedista intimou, no mínimo, três dias de repouso. Resolvi esticar o recesso por conta própria, alegando que não havia me recuperado da dor. Na quarta, a mãe veio me acordar para ir à escola e aumentei o mal-estar. Tentou saber o que se passava comigo. Reclamei do joelho, de dores no peito, da dificuldade nas aulas de Educação Física, e falei que estava decidida a começar um regime para valer. Ela não acreditou na conversa de dor no peito. Considerou o joelho e o regime. Melhor. Implorei que me deixasse ficar em casa o resto da semana. Ah! Já faltei três dias mesmo. Depois eu recuperava. Pegava as matérias com a Laura e estudava sozinha. Pedi a ela para conseguir o atestado médico, para justificar a ausência na prova de matemática. Marcamos de ir ao endocrinologista na próxima semana.

A conversa de hoje foi mais ou menos assim:

"Ana, minha filha, eu não sei o que aconteceu. Você não fala com a gente. Eu sou sua mãe, e sinto que aconteceu algo estranho que lhe chateou bastante. Você pode se abrir comigo, sabe disso.

"Ultimamente, você anda esquiva e arredia. Ardida feito pimenta-malagueta e espinhenta feito ouriço. Não se pode chegar perto, nem falar uma coisinha boba, que você ataca. Só não percebe que, ao atacar os outros, ataca a si própria. Essa não é a essência da minha Ana, amável e gentil. Se você não quer me contar o que aconteceu está no seu direito, tanto quanto eu no meu, em querer saber o que se passou. Não foi apenas mais um tombo, não é, Ana?

"Gostei da sua decisão em fazer regime. Se emagrecer vai lhe deixar mais confiante, vamos buscar ajuda. Mas não é apenas isso que vai garantir sua felicidade, minha filha. Terá de olhar para dentro de si própria e descobrir o que é bom para você, o que lhe faz bem e o que não faz, o que lhe machuca e o que lhe faz crescer. Vou estar sempre ao seu lado, não importa a decisão que tomar.

"Minha filha, você conhece o mito da Fênix, aquele pássaro mitológico que, após viver 500 anos, se destrói nas chamas de uma pira construída por ele, para renascer das cinzas? Meu coração diz, vá atrás desta história. Ela tem a ver com seu momento.

"Ana, ouve com atenção. Na vida vamos nos encontrar em diversas situações. Algumas nos deixam alegres e outras nos deixam tristes. Vamos encontrar pessoas gentis e agradáveis, outras nem tanto. Algumas, estúpidas e violentas. Tudo depende de como nos relacionamos com isso.

"Minha filha, é muito importante que você aprenda a viver com leveza e perceba a verdadeira dimensão da realidade. É um exercício necessário para viver bem. Nem tanto ao céu nem tanto a terra. A alegria faz parte da sua essência. Você anda confusa, meu bem, pois andam acontecendo coisas que não entende. A Ana que você era está cedendo lugar para outra. É natural esta bagunça dentro de você.

"Não aumente as frustrações, tampouco os contentamentos. Não se deixe levar pela apatia, nem pela euforia, porque tudo é passageiro. Uma atitude inteligente é não dar ouvidos para o que os outros acham, pensam. Muito menos dar atenção a quem só nos desmerece. Perceba o que e a quem ouvir.

"Ana, meu anjo, não importa o que aconteceu. O que de fato importa é o que diz seu coração. Você merece viver em paz consigo e com seu corpo, seja gordo ou magro. Acidentes acontecem, e devemos respeitar nosso jeito de ser. Algumas situações que vivemos funcionam como um sinalizador, um farol, para que a gente enxergue mais longe e, se for preciso, mude a rota.

"Seja lá o que tenha ocorrido, isso lhe fez bem. A intuição é sábia, menina. Ao repensar sua caminhada, você age como a Fênix, destrói-se para deixar vir à luz um novo ser. Sim, querida, tem muitas formas de se ver e ver o mundo. Se o que ocorreu na escola lhe ajudar a ser uma garota melhor e mais feliz, ótimo. Se não, eu lhe ajudo a enxergar o outro lado."

Abracei minha mãe e agradeci por ela ser esta pessoa compreensiva e amorosa. Depois de me encarar com aqueles olhos verdes, enormes, que enxergam o segredo mais escondido, ela saiu do quarto, como se tudo estivesse na mais perfeita ordem, e eu fiquei lá, com cara de quem foi desmascarada. Pensando bem, foi bom. Ultimamente só respiro dor, olho para a dor, me alimento dessa dor, só atraio porcaria, é uma coisa ruim atrás da outra. Tudo dá errado.

Opsss...Vamos mudar o tempo verbal, Ana, tudo "dava errado". Foi. Passou. Lembra como você se levantou do chão? Lembra-se da sua decisão? É isso aí.

Estou aqui pensando... A mãe deve ter ido à escola, sua conversa denunciou. Mas ela é esperta, não diz uma palavra que possa lhe trair. "Respeito a sua decisão de ficar calada, minha filha." Quer saber, acho isso muito bacana. Pior seria se ela fizesse o tipo, "Eu fui à escola e já sei de tudo. Eu falei com a diretora, com a professora, com o zelador, com o periquito, com o cachorro..." Nossa! Ia me sentir invadida.

10

Hoje, dez dias após o acidente, voltei para a escola. Passei na secretaria e entreguei o atestado médico. A Nice, secretária, perguntou se eu estava melhor e respondi que sim, que semana passada estava sem condições, mas agora estava bem. Ela me avisou que a diretora quer conversar. Agendamos um horário. Melhor comunicar isso à mãe. Mas na conversa vou sozinha.

O interessante foi meu retorno ao covil... ops... à sala de aula. Quando coloquei o pé na sala, começou o zum-zum-zum. Cochichos para cá. Cadernos escondendo o rosto para lá. Atitude de pessoas que não assumem o que são e o que fazem. O sangue ferveu dentro de mim, como em outras vezes. Porém, dessa vez, agi de uma forma inusitada, inclusive para mim. Parei, encarei a turma e disse: "O tombo foi na semana passada. Eu já sarei. E vocês, continuam na cantina me vendo cair, é?".

Nossa! O pessoal parou de respirar. Ninguém esperava uma resposta tão direta e incisiva. Subitamente, todos os olhares se voltaram para a porta. Passou um frio pelo meu corpo. Que é agora? Olhei também. O professor de Literatura estava lá, parado, nos encarando.

Fiquei um pouco atrapalhada, mas ele se encarregou de desfazer meu mal-estar. Entrou na sala e falou, olhando para mim, mas dirigindo a fala para todos "Muito sábio, dona Ana, quem fica no passado é morto".

Ponto para mim.

11

As últimas conversas com a minha mãe foram bem significativas. Nunca tínhamos falado sobre assuntos tão importantes. Pela primeira vez, eu a senti próxima de mim, de verdade. Estou conquistando uma amiga. Até agora ela era somente mãe. A frase "o que de fato importa é o que diz seu coração" ecoou dentro de mim por dias e dias. Comecei a prestar mais atenção ao meu coração e a não dar tanta importância para o que os outros pensam e dizem. E como dizem barbaridade! Na escola tem disso, direto. Algumas pessoas não gostam de quem é diferente.

Mãe. Pai. A tia Rita disse que pai e mãe são pessoas decisivas na nossa vida, que nos definem. Agora entendo o que ela quis dizer. Eles podem passar uma vida inteira sendo apenas pai e mãe, mas, de repente, uma coisinha que fazem ou dizem, um olhar, uma passada de mão na cabeça, uma conversa, muda toda a imagem que criamos sobre eles.

Meu pai, por exemplo, ele não é de muito papo, não demonstra os sentimentos, é severo, e quando dá uma ordem, melhor levar a sério e não retrucar. É cortante feito folha de papel novo. Quando lê jornal ou assiste ao futebol não quer ser incomodado e mal abre a boca para responder sim ou não.

No entanto, vivemos uma situação que permanece acesa na minha memória e colabora para amenizar a imagem do pai sisudo e autoritário. Eu tinha uns 4 anos, e papai cantava para mim uma canção em castelhano chamada "Sapo cancionero". Ele disse que minha avó, que é de origem espanhola, cantava essa mesma canção para ele quando tinha a minha idade.

Essa lembrança de nós dois enche meu peito de alegria. Estou sentada no chão, ao seu lado, e brinco com uma boneca velha, meio arrebentada, sem cabelo. Presente da madrinha. Gosto muito dela e guardo-a com carinho. Papai estava lendo o jornal. Colocou-o de lado e falou: "Vou tocar uma música, você aprende e canta para mim". Pegou o violão e começou a cantar.

Sapo de la noche, sapo cancionero,
que vives soñando junto a tu laguna
tenor de los charcos, grotesco trovero,
estás embrujado de amor por la luna.

Tú te sabes feo, feo y contrahecho,
por eso de día tu fealdad ocultas
y de noche cantas tu melancolía
y suena tu canto como letanía.

Sapo da noite, sapo cantador,
que vive sonhando junto a tua lagoa.
Tenor dos banhados, grotesco trovador,
enfeitiçado de amor pela lua.

Tu sabes que é feio, feio e mal acabado.
Por isso de dia esconde a tua feiura
e de noite canta a tua melancolia.
Teu canto soa como triste melodia.

Enquanto dedilhava a melodia, a letra contava a história do sapo que vivia na lagoa e era apaixonado pela lua. Ele era feio, por isso se escondia durante o dia, mas à noite cantava lindas e tristes canções. Repeti as estrofes como fazem as crianças pequenas, sem saber o que está cantando. Lembro bem: ficava repetindo na minha língua, *sapo de la noche, sapo cancionero*, enquanto balançava o corpo gorducho, de um lado para outro, no ritmo do som.

Não sei se por feitiço da música ou se pela forma amorosa com que o pai me tratou naquela tarde, repetindo pacientemente para eu aprender a cantar uma, duas linhas, misturando os textos, falando as palavras erradas, enquanto dizia, orgulhoso, "vamos lá Aninha, agora é com você", mas isso me marcou profundamente.

Ele virou meu ídolo, e toda vez que mostra seu lado carrancudo, eu invoco a memória para lembrar que ele tem um lado melódico e doce, e que eu o amo, muito.

12

Meu humor oscila. Sigo firme com meu propósito de emagrecer e mudar. Bebo muita água. Recomendação médica e solicitação do corpo. Quando as coisas ficam difíceis, e me enrolo nos afetos, bebo água e respiro. Comecei a praticar ioga. Aprendi exercícios de respiração. Eles me ajudam a acalmar e trazem clareza.

Kali, a negra, é uma deusa hindu, senhora da morte e da sexualidade. Simboliza a natureza e a essência de todos os seres vivos. Sua aparência é assustadora. Apresenta-se nua e com o corpo pintado de vermelho. A cabeça sangra permanentemente, e a língua é enorme e roxa. Carrega ao redor do pescoço um colar de crânios. Tem vários braços, e cada mão segura um objeto. Veste uma saia de braços decepados. Quem respeita Kali tem uma morte sem sofrimentos, porque ela é a destruidora de todo mal.

Kali, a loira, é minha professora de ioga. Linda. Traz no peito a imagem tatuada da Kali, a negra. Por onde passa irradia luz e paz. Quando entra no elevador, até os moradores mais carrancudos mudam o astral. Veste-se com roupas coloridas. Mora com seus pais no décimo andar. Duas vezes por semana fazemos o mesmo caminho, por cinco quadras. Ela fica na academia, onde dá aula de ioga, e eu sigo para a escola.

Comunicativa, puxa conversa, procura saber como estou, oferece seu conhecimento sobre filosofia hindu e me convida a praticar com ela. Sempre recusei justificando, ah! a gordura não me permite esse tipo de exercício, etecetera e tal. Ela ria e dizia: "A ioga não discrimina nenhum ser". A verdade é que criei um monstro dentro de mim: o medo. Ele me impede de me atirar nas coisas. Tremo só em pensar em me expor, errar, ser alvo de gozação.

Caramba. Eu não era assim. Algum dia voltarei a ser o que fui, quietinha por dentro... e por fora? Recuperarei minha segurança e alegria? Tornarei a olhar para mim mesma com olhos compreensivos?

Na semana que fiquei em casa após a queda, na quinta-feira, me encontrei com a professora de ioga no saguão do edifício. Ela estava de saída para a academia. Eu voltava da panificadora e tinha os olhos vermelhos. Recaída. Quando ela disse: "Oi, Ana, está tudo bem com você?", desatei a chorar. Kali me levou ao jardim e ali conversamos. Ao desabafar, comecei a chorar compulsivamente. Ela me abraçou de forma terna e leve. Seu acolhimento relaxou meu ser.

Fiquei envergonhada e tentei voltar para casa, mas ela não deixou. Insistiu na ioga. Ela seria seu presente para mim. Mais tarde, se eu quisesse continuar, veríamos como fazer. Subiu comigo ao meu quarto, escolheu uma roupa adequada e me levou com ela para a academia. Adorei.

Fiz o que consegui, com atenção para não lesar o joelho. Kali insistia: "Vá até onde dá conta, para não se machucar". A partir desse dia venho praticando, duas vezes por semana e às vezes aos sábados, no parque, com o grupo da Kali. A ioga me ajuda baixar o fogo da cabeça e manter a serenidade. Descobri que meu corpo é flexível e responde prontamente àquilo que lhe peço.

De vez em quando bate o desânimo. Dá vontade de desistir do regime, da ioga, da natação. Vem a compulsão de comer duas caixas de bombons de uma só vez (e comi mesmo, numa noite dessas!). Nessas horas, chego a ser cruel comigo, me belisco e me estapeio.

Depois, uma lufada de consciência. Paro, inspiro, expiro, inspiro, expiro, inspiro, expiro, e me lembro da lição número um da minha mãe, a pessoa mais linda do mundo: "Não se deixe levar pelos sentimentos, sejam eles bons ou ruins. Aprenda a controlá-los. Ande no caminho do meio".

13

Três meses depois do tombo na cantina. Dez quilos a menos. Estou virando coelho: cenoura, alface, rúcula, agrião, couve, chicória, brócolis, escarola, pepino. Estou virando passarinho: laranja, mamão, banana, figo, maçã, maçã, maçã, ameixa, bergamota, uva, manga, morango, pera.

Estou virando do avesso. Emagreci um bocado. Ainda é pouco. O médico insiste para que eu emagreça mais uns dez, doze, cem quilos. Dessa forma ficarei com o peso ideal. Já me sinto mais leve. Principalmente de alma e coração. Tenho andado de cabeça erguida. Algumas vezes me faz mal ouvir as barbaridades das pessoas com espírito de noz.

Li um livro de culturas e tradições que trazem ensinamentos espirituais por meio das histórias. Uma das que mais gostei e com a qual me identifiquei foi uma narrativa de um povo indígena americano.

Uma índia revela ao neto que as pessoas têm duas mentes. Uma delas se encarrega das necessidades para manter o corpo vivo. É a mente do corpo, disse ela, e é usada para a sobrevivência, para a busca dos alimentos e abrigo, para acasalar, ter filhos e se relacionar com as pessoas. Tudo o que diz respeito a manter e tocar a vida em frente. A outra, bem diferente, é a mente do espírito. Essa nos traz entendimento e sabedoria.

Quando se usa a mente do corpo para machucar as pessoas ou tirar proveito delas; quando se alimenta essa mente com pensamentos maus, mesquinhos e egoístas, abre-se espaço para a mente do espírito se encolher. Quando o corpo morre, a mente do corpo morre junto. Mas a mente do espírito não morre nunca. Se uma pessoa passar a vida inteira dando atenção apenas às necessidades do corpo, sem cuidar da mente do espírito, ela nasce outra vez com a mente do espírito do tamanho de uma noz. E precisa começar tudo outra vez.

Quando a gente se esquece totalmente da mente do espírito, ela pode até desaparecer, e a pessoa se torna uma morta-viva. Existem muitas pessoas mortas andando por aí, facilmente reconhecíveis. São aquelas que veem maldade em tudo e só querem tirar proveito dos outros, da natureza.

Por outro lado, pode-se deixar a mente do espírito mais forte ao buscar o entendimento da vida. Isso acontece quando se elimina pensamentos gananciosos e ruins da mente do corpo e se alimenta a mente do espírito com pensamentos amorosos e do bem. Dessa forma, começa a haver mais consciência das coisas, e quanto maior o entendimento, maior a mente do espírito se torna. A índia disse que amor e entendimento são a mesma coisa, mas as pessoas não querem saber disso e fazem tudo ao contrário.

Eu, que não quero ter uma mente de noz, me esforço para entender o significado de espírito e começo a descobrir como cuidar dele. Há dias em que me sinto feliz e tenho o entendimento de que o deboche das pessoas e as brincadeiras de mau gosto relacionadas à minha aparência são apenas o reflexo das suas pequenas mentes de noz. Pensando desse modo, as coisas incomodam menos. Também fica claro que espírito é a nossa parte divina e que ele vive para sempre.

14

Ontem eu menstruei pela primeira vez. Acordei toda lambuzada. Levei um susto enorme. Achei que tivesse me machucado durante a noite. Só depois me dei conta de que o sangue era menstruação. Minha mãe me deu um pacote de absorvente higiênico e brindou a minha passagem para a vida adulta. Que louco! Só em pensar que eu já posso ter filhos fico tonta. Mais uma novidade para a minha vida. Como se fossem poucas!

Olha só, caderno, meu corpo está diferente. Há poucos meses eu tinha peitinhos, agora tenho seios que crescem, crescem, crescem. O quadril também alarga. Ou já tinha alargado e eu não percebia, pois era uma massa única. Dias atrás falei para a mãe que preciso comprar sutiã. Os meus já não dão conta. Ela me abraçou carinhosamente e disse: "Minha pequena está se tornando mulher".

Onde foi parar a Ana menina? Eu quero essa Ana de volta! Quero brincar com a minha velha boneca, passar os dias lendo e pintando, sem me preocupar com estudo, provas, notas, gordura, futuro. Como se faz para deter a angústia? De onde vêm as borbulhas no estômago? Que é isso que me tira o sono e cria o medo? O que faço com o calor que se apossa do meu corpo e traz consigo desejos que não reconheço? Como sossegar meu corpo quando ele fica rolando na cama durante a madrugada? O que faço quando o sono resolve me abandonar e a minha cabeça fica lotada de vozes, que não sei de onde vêm e o que querem de mim? O que faço com essa Ana que desconheço?

15

Nem acredito que chega ao fim este ano 14, quando tudo começou. As aulas acabaram. Enfim livre da escola e do olhar de pessoas que não me dão prazer. Ah, nem contei, a conversa com a diretora foi interessante. Nossa. Já faz tanto tempo. Ela me ofereceu seu apoio e me passou um pito de leve, por não ter comunicado o que acontecia comigo.

A conversa iniciou com este tom: "Ana, por que você não me contou o que estava ocorrendo? Situações que afetam os alunos, seja no aspecto pedagógico ou pessoal, quando acontecem durante o período escolar, dizem respeito à escola, e eu, como diretora, devo estar a par de tudo". Tremi.

Após ouvir o relato, ela ficou bastante chocada e chateada. Desconhecia a atitude dos alunos, o que considerou como fraqueza pessoal e afronta à filosofia da escola, que se quer livre e justa. Como instituição de ensino que pretende formar cidadãos íntegros, achava inadmissível que tudo isso tivesse acontecido. Um papo por aí.

E o mais grave, disse ela, é que tudo se passou debaixo do seu nariz. Falou que nós, alunos, temos o direito e o dever de comunicar à direção o que nos desagrada e não nos faz bem, e a escola, a obrigação de conhecer os fatos e providenciar para que sejam resolvidos de forma justa e respeitando os envolvidos na ação. Isso é legítimo e é também o papel da escola.

Disse que iria colocar esse assunto em reunião, tanto com o corpo docente, quanto com os pais. Achou inadmissível os professores estarem cientes das atitudes dos alunos e não a comunicarem. Ela os responsabilizou. Achei esse papo bem bacana. Foi uma aula de bom senso e autoridade.

Concordei com ela. Ao me calar, fui responsável por sustentar essa situação desagradável. Com isso me mantive num estado indesejável, no qual comportamentos, segundo ela, abomináveis foram expostos, praticados, e nada foi feito para mudar. Calei. Por medo e vergonha, me calei, disse a ela. Foi pior.

Ela foi solidária e compreensiva, e senti pelo tom da conversa que vai haver mudança na condução de algumas atitudes individuais aqui na escola. A conversa foi melhor do que eu esperava. Não imaginava esse rumo e, para dizer a verdade, ela me surpreendeu. Até então, a diretora era, para mim, uma figura distante, inacessível e temível.

Antes de chegar à sua sala passou de tudo na minha cabeça. Seria uma bronca ou um pedido de desculpas? O encontro foi além. Relatei minha versão dos fatos: o deboche dos alunos por conta do meu corpo disforme; a paisagem cinza que se formou no tombo da aula de Educação Física; até como me sinto diante de alguns professores que parecem não tolerar diferenças. Eu disse a verdade. Não inventei situações. Sinto este desconforto, ele existe, e é provocado de alguma forma.

Vamos ver como será no próximo ano. Após o tombo da cantina, eu havia conversado com meus pais sobre a possibilidade de mudar de escola. Eles concordaram, mas pediram para eu permanecer nela até o final do ano. Seria complicado mudar no meio do semestre, porque este movimento é sempre delicado. Adaptação a professores, colegas, currículos. Achei a colocação pertinente.

Após a conversa com a diretora, vi que essa decisão não teria mais sentido. Claro que é mais fácil e confortável cair fora. Mas o importante e, consequentemente, mais difícil é mudar as coisas dentro do contexto. Isso também foi assunto da conversa. A mãe sempre deixou em minhas mãos a opção de ficar ou sair. Depois da reunião com a direção decidi ficar. Ao saber dessa escolha, mamãe disse que eu fazia uma opção sensata e madura e me parabenizou.

Ufa! Ando me saindo bem nas decisões. Não é para menos. Durante este semestre o que mais fiz foi pensar, ponderar, chorar, parar de chorar, ler, rir, observar os outros, observar a mim. Tenho olhado para o entorno e me perguntado: de quantas maneiras posso fazer uma mesma coisa? Dá um trabalho! Mas também traz resultados que me agradam. De tanto cair estou aprendendo a andar.

16

Crise. Uma palavra que me define. Confusão dentro de mim. Não é apenas a gordura, o regime. É tudo junto. Às vezes acho que não vou dar conta. Bate uma tristeza, choro, encharco o travesseiro. Depois respiro fundo, inspiro, expiro, inspiro, expiro, inspiro, expiro. Tento me ajudar dizendo para mim mesma que estou emagrecendo e que me transformarei numa gata... Miau!

Férias. Invento o que fazer. Vou ao armário e pego uma calça. Ela é o meu termômetro. Aquela que eu usava no dia do tombo da cantina. Está pendurada num cabide especial, bem à vista, para eu lembrar, sempre, que posso mudar o que me faz mal. Visto e marco com uma caneta vermelha os centímetros que perdi.

Tiro a roupa e me fotografo. Imprimo a foto e junto às demais, ao lado do espelho, em sequência. A foto do dia da queda é a primeira de várias. A cada mês faço uma nova. Ajuda a visualizar as mudanças do corpo. E como muda! Apesar do desespero que às vezes me sufoca, é prazeroso perceber que estou moldando meu corpo para ter a forma que desejo, moldando meu ser para gostar ainda mais de mim mesma.

Eleva a autoestima saber que podemos fazer da nossa vida aquilo que queremos. Que não somos uma marionete manipulada pelos outros a partir das suas opiniões e expectativas. Desejo para mim o melhor que o mundo pode oferecer. Quero um namorado inteligente, sensível, gentil e amoroso. Só isso. Os toscos e grosseiros, tipo alguns que conheço, me desculpem, mas estão fora do caderninho. Burro, a ponto de não ver além do que está na ponta do nariz, jamais. Os insensíveis que só pensam neles, que vão chegando, forçando a barra, sem ao menos perceber o que desejo? Distância.

Desejo ser bem-sucedida na profissão, embora não saiba qual será. Às vezes, penso em ser cantora. Tenho uma voz agradável e aprendo músicas de ouvido facilmente. Depois mudo de ideia. Acho que gostaria de ser médica e trabalhar em lugares pobres e carentes. Já pensei em ser monja. Atriz de cinema. Sei lá, indecisão. Uma hora a resposta chega. Quem disse que preciso decidir a minha vida agora?

Ufa! Estou progredindo.

17

Quando somos adolescentes, nos tornamos outra pessoa a cada ano que passa. Geralmente se percebe isso quando a gente volta às aulas depois das intermináveis e entediantes férias de verão. É quando se vê com mais clareza as mudanças das pessoas com quem convivemos, e se vê de um jeito tão crítico e definitivo, que percebemos que o tempo não tem volta e que a gente também mudou.

Passei um longo período longe deste caderno, envolvida com regime, festas de fim de ano (nas quais devo ter recuperado todos os quilos que perdi no semestre), férias e visita aos meus avós paternos que moram noutro país. E nenhum acontecimento extraordinário para eu registrar. Nenhuma ansiedade com a qual não esteja familiarizada. Nenhum evento traumático. Nenhum evento legal. Tudo normal, até demais. Às vezes essa normalidade me entedia. Nessas horas, eu resolvo criar outro mundo onde a vida imaginada se torna mais interessante que a vida vivida.

No meu aniversário de 15 anos eu não quis festa, nada, só o bolo da mãe, a presença da Julia e uma viagem sozinha que ainda vou decidir para onde será. A novidade veio com o início das aulas deste ano 15. A escola abriu mais uma turma do primeiro ano do Ensino Médio e dividiu a classe do ano passado para acolher os novos alunos. A minha classe ficou praticamente igual ao 9º ano. Alguns meninos que implicavam comigo foram para a outra turma. Ficou apenas o Murilo. E não é que ele está enorme? Quero ver se agora tem coragem de fazer piadas com gordos.

Entraram seis novos alunos, entre eles, o Francisco. Ele é da turma dos gordinhos (mas bem menos que eu...). Tem ideias avançadas sobre o mundo, a vida e as pessoas. Faz terapia. Diz que senta na frente do cara e fala o que passa pela cabeça, inclusive assuntos impróprios para conversar com os pais. A terapia lhe ajudou a se gostar e, o mais importante, se gostar do jeito que é.

O Francisco é demais. Tem um raciocínio rápido e, quando lê em voz alta, cresce diante dos nossos olhos, tem expressão e nos encanta. Eu o admiro por isso. Mas o que mais gosto nele é a maneira como trata as pessoas. É amável, gentil. Nunca o vi tratar os outros de forma estúpida, nem fazer chacota ou falar mal de alguém pelas costas; coisas que a gente faz e nem se dá conta.

Conheço o Francisco há pouco tempo, mas mesmo assim ele já está se tornando um confidente e se revelando um grande amigo. Num dos recreios, contei pra ele a narrativa indígena. Foi a chave pra gente começar uma conversa sobre assuntos do mundo de dentro, um dos meus temas preferidos. Eu não fico falando disso por aí, as pessoas não entendem, dão risadinhas e se retiram.

Ele tem afinidade com este repertório e me indicou algumas leituras. Já leu sobre vários assuntos, inclusive livros mais adultos, mas, como ele mesmo define, livro não tem idade. Lê fantasia, aventura, romance, ficção científica, realismo mágico, filosofia. Até nisso combinamos.

Perto dele fico me sentindo uma menininha boba. Ele ri e diz: "Apenas viemos de mundos com histórias diferentes". Que alívio saber que ele pensa dessa forma. Conheço garotas e garotos que não podem namorar por não seguir a mesma religião. Os pais do Francisco se distinguem da maioria dos pais que eu conheço pelas escolhas que fizeram para viver. Seguem o budismo, tratam a saúde com homeopatia, acupuntura, medicina integrativa, quântica, uns nomes que nunca ouvi falar.

Acabei conhecendo-os por meio das histórias que o Francisco conta. Uma delas, particularmente, eu adoro. Como diria minha mãe, é um primor. Quando ele frequentava a Educação Infantil, contou aos coleguinhas que sua mãe fazia chover chacoalhando um pau. Os meninos o chamaram de mentiroso. No dia seguinte, Francisco levou um pau de chuva à escola, um instrumento musical que quando se chacoalha produz um som que imita chuva. Queria provar aos meninos que a chuva estava dentro do objeto e que ele não mentia. As crianças foram implacáveis. Riram e debocharam, dizendo que aquilo era apenas um pau oco. Sua mãe o mudou de escola na mesma semana.

A gente conversa sem parar. É incrível como combinamos. Um assunto traz outro, que puxa outro e outro, e quando vemos o recreio acabou e ainda há muito a ser dito. Marcamos de chegar meia hora antes do início da aula, para continuar as confidências, as trocas de opinião sobre tudo, de literatura à física. O Francisco e eu moramos no mesmo bairro, numa distância de dez quadras. Coincidência. A cidade é tão grande, e ele veio morar justo aqui, do meu lado. Voltamos juntos, a pé, falando sem parar. Ele tem a brilhante capacidade de transformar qualquer assunto numa história envolvente. Adoro.

18

Socorro, alguém me ajuda a segurar o tempo, ele está uraniano. É assim: na astrologia, Urano tem a ver com o imprevisível. Do nada acontece tudo. Ele representa uma força que se manifesta em mudanças súbitas. Por isso digo que o tempo está uraniano. Tem provocado transformações repentinas, tanto no meu corpo, quanto na minha forma de pensar, viver, sentir e ver o mundo. Se há dois anos eu era baixa e gorda, agora já começo a me vislumbrar alta e gorda. Estiquei, sim. Emagreci, sim. Mas continuo grande, na lateral.

Também não me sinto mais menininha. Até algum tempo atrás eu gostava de brincar com bonecas. Ontem, elas não passavam de enfeite de prateleira. Olharam para mim e perguntaram: "O que vai ser de nós?". Respondi que vão virar presente para criança pequena.

Hoje à tarde tive um ataque de adultice e encaixotei praticamente todos os brinquedos que guardava. Fiquei apenas com uma boneca, para manter na memória o tempo da Ana menina. A boneca da madrinha. A preferida. Não era a mais bonita, nem a maior, mas aquela que eu vestia, penteava e por meio dela me descobria feminina e vaidosa.

Nunca fui de brincar com bonecas por muito tempo. Preferia ler. Pintar. Encontrei várias pinturas dessa época. Guardei todas. Meu acervo artístico! A partir dos 10 anos, comecei a escrever poesias. Abri minha caixa de memórias e encontrei papeizinhos rabiscados com um desenho, uma frase; anotações de uma oficina de *haicai* que fiz há três anos, com uma artista bem inspirada.

Lembro-me dela como se fosse hoje. Moderninha. Foi quem me apresentou *Hot Chip*. Tinha tatuagens pelo corpo. No ombro esquerdo uma cornucópia (ela usava esse termo para nominar o desenho: cornucópia com flores amarelas) com flores despencando pelo braço e saindo pelos dedos da mão. Na perna direita mais flores, imitando guirlandas, em torno da coxa e do tornozelo. Lindo. Fico imaginando a dor. Dizia que ela mesma se tatuava. Sei lá... Usava uma franja bem curtinha, no alto da testa, com certeza picotada em casa mesmo.

Usava roupas de brechó, customizadas. Uma faz-tudo, essa moça. Cada encontro, um novo figurino. Num dia, vestido antigo, florido, com botões na frente, saia rodada e gravata fazendo o papel de cinto. Noutro, um vestido com um recorte aqui, um pano pendurado ali. Depois surgia vestindo calça xadrez boca larga e túnica de listras. Bem diferente do que se vê nas lojas.

Era única. Assim como sua risada estridente e sua forma de se movimentar. Não era muito alta. Era magra e seus braços eram os que primeiro apareciam nos lugares. Quando os esticava para escrever no quadro-negro, lembravam dois tentáculos de polvo. Era divertida e não deixava a turma desanimar. Cada aula era uma surpresa. Nós adorávamos. E eu produzia. Fiz algumas tentativas de criar *haicais*:

O menino ficou
vendo estrelas
e comendo bananas.

Chuva de ideias são
letrinhas de cor
caindo do céu *blue*.

Reli uma redação premiada com o primeiro lugar, quando eu estava no segundo ano. O tema: dia da ave. Eu já inventava pequenos contos. Ri muito com a minha ingenuidade nessa história das cobras. Bom, ao menos ela tem a cara da minha infância.

> Nas noites de lua cheia, vovó Maria acendia uma fogueira, jogava as esteiras no terreiro e começava a contar histórias. Meus primos e eu escutávamos, atentos e ansiosos.
>
> Certo dia, ela nos contou que o vovô voltou para casa muito bravo, falando coisas terríveis e esbravejando contra uma cobra. É que a cobra havia picado um dos seus animais. Ele tentou matá-la, porém, a danada conseguiu ir embora ferida.
>
> — Isto não é bom! — dizia ele.
>
> Tarde da noite, quando todos estavam deitados, ouve-se uma batida na porta. Toc toc toc... Vovó exclamou:

— Meu velho, quem será a esta hora?

Vovô não respondeu, e continuaram a ouvir. Toc toc toc...

Vovô levantou-se da cama e resolveu verificar o que estava acontecendo. Muito esperto, saiu pela porta do quintal e deu a volta na casa. Escondido, olhou para a porta da frente e, que susto! Em pé, e batendo com a cabeça na porta, estava uma enorme serpente.

Ah! Vovô não teve dúvida, mirou e... pow! A cobra caiu morta, e vovô saiu vitorioso. Vovó disse:

— Hoje, quando me lembro disso, entendo de onde vem o meu medo de cobra.

Ri muito na abertura da minha caixa de segredos. Foi uma delícia de infância feita de descobertas e liberdade. Morávamos numa cidade do interior. Todos se conheciam. No final de semana a família ia para o sítio, onde moravam meus avós, pais da mãe. Era uma festa. Reuniam-se primos, tios, e todos contavam histórias, bem no estilo dessa que escrevi.

Quando mudamos para cá, a vida ficou diferente, eu fiquei diferente, meu mundo está diferente, e ainda não sei dizer se é melhor ou pior. Neste instante só sei que desejo gritar aos quatro ventos:

"Socorro, alguém me ajuda a segurar o tempo! Ele está galopante e mal dou conta dele!"

19

Estou mais ágil. O momento em que sinto a diferença é na aula de Educação Física. Agora sim, participo. Consigo correr sem me sentir tão cansada. Salto, pulo e jogo. Quando não consigo fazer algum exercício, eu aviso. Antes, eu me esforçava para conseguir e virava um fiasco. Ia além das minhas possibilidades e sempre acabava machucando; o corpo e o coração. Aprendi a me impor.

Mas o esporte com o qual me identifico é a natação. Comecei a nadar no início do regime e não quero mais parar. Quando estou na água esqueço a vida. Todos os pensamentos, que insistem em ocupar minha cabeça, desaparecem; esvazio. Só eu e a água. Ela me aceita do jeito que sou, com minha gordura, meus quilos em excesso, meus braços redondos, a barriga grande, as pernas pesadas.

Na água, me torno outra pessoa. Nela, me dissolvo, me amoldo, fico leve, graciosa, ágil. Ela me acalma e me aconchega. A piscina é uma mãe de barriga quentinha aninhando seu bebê. Sinto-me protegida dentro dela. Descobri que sou um ser aquático e preciso da água para ficar bem.

Quando essa paixão começou, eu encontrava água em todos os lugares. Abria uma revista, falava sobre água. Livro, água. Televisão, programa com água. Conheci as ninfas, seres das fontes, lagos, nascentes, rios, mares e oceanos. Criaturas formadas de bruma e doçura. Macias e brancas. Alimentam-se de canto e dança. Tornaram-se minhas amigas. Quero ser como elas: diáfana e flutuante.

Diáfana. Adorei esta palavra. Carrega uma imagem linda — ser de luz, transparente. Como os anjos. As ninfas são seres do bem. Nunca envelhecem. Quem se banha nos lagos onde elas nadam se cura das doenças. Quem bebe dessas águas tem bons pensamentos.

Eu me envolvi tanto que cheguei a sonhar com elas. No primeiro sonho, um grupo de ninfas surgia num lugar meio mágico, misterioso, com luzes difusas, ao entardecer. Havia um lago à sombra das árvores, um rio que escorria entre as pedras formando cascatas e pequenas piscinas. Ouvia-se uma melodia envolvente, hipnótica, que me atraía para aquele local e despertava uma sensação boa. As ninfas iam se materializando lentamente, uma aqui, outra ali, vindas de um bambuzal.

Eu espiava. Era como se estivesse num local proibido e não pudesse ser descoberta. Estava maravilhada diante do que via. As jovens se deitavam sobre as pedras e o sol atravessava seus corpos. Brincavam com os cabelos umas das outras. Cabelos compridos beirando a cintura. Loiros, ruivos, pretos, castanhos, prateados. De repente, os cabelos cresciam, tocavam o chão e se transformam em cobras que se arrastavam pela terra. Estremeci. Acordei.

Noutra noite, sonhei com um cenário parecido e as mesmas personagens. As ninfas estavam adormecidas, deitadas sobre as pedras, à beira do lago. Acordavam, riam, brincavam, cantavam e desapareciam. Tornavam a aparecer e sumir. Algumas vezes surgiam ao meu lado, atravessavam meu corpo. Eu dava um impulso para o alto. Queria sair dali, por medo de ser descoberta. Passei a sobrevoar o lugar, mas lentamente fui me distanciando, distanciando, e quando me dei conta flutuava no espaço vazio do céu, de onde só avistava planetas, luas, estrelas, cometas. Eu estava solta no nada.

Algumas semanas depois sonhei novamente com bosque e ninfa. Andava à margem de um lago, quando vi uma delas e resolvi segui-la. Estava nua e seus cabelos compridos e encaracolados formavam suas vestes. Ela saltitava de uma pedra para outra até entrar na água verde. Era linda. Percebi que era feita de água. Enquanto afundava, ia se desfazendo e deixando na superfície uma espuma branca, que se misturava às pequenas flores azuis que boiavam.

Vi a sombra de uma forma humana se formar no fundo do lago. Era a moça que voltava à tona e roçava as flores. Ria para mim e acenava, como se me convidasse a entrar. Novamente a perdi de vista, confundindo-a com a própria água. De repente, as águas começaram a ser tragadas por um redemoinho, que levou consigo a moça e tudo o que havia ao seu redor. Onde antes havia um lago, agora se via apenas as flores azuis sobre um tapete de limo verde. Descobri que ela era eu.

Já sei o que quero fazer da vida. Trabalhar na água. Encontrarei alguma profissão que envolva mergulho, natação. Quero ser como uma nereida, livre, indo e vindo das profundezas dos mares e oceanos.

Está certo, Ana. Porém, antes de se tornar uma ninfa, você precisa emagrecer mais, muito mais.

20

Hoje me lembrei do tombo na cantina. Nossa! Já se passou quase um ano. Foi o dia da decisão. No sábado seguinte ao sinistro dia liguei para a Julia. Eu estava frágil e chorona. Tinha ido ao médico, joelho inflamado, olho inchado, peito rasgado, eu era uma dor só. Ela veio para cá no ato. Ficou indignada com a atitude das garotas da minha classe e com o fato de ninguém ter me ajudado. Considerou falta de humanidade.

Sua opinião é que a escola é conservadora, careta, onde só tem gente metida que vive das aparências. Não é bem isso. A escola é tradicional, concordo, mas reconhecida pela qualidade pedagógica, pela exigência na aplicação dos alunos, por seus professores bem formados (inclusive aqueles que não curto muito).

Confesso que os relacionamentos nessa escola são difíceis. As pessoas vivem em turmas e não abrem espaço. Ou você faz parte delas ou está fora. Eu nunca encontrei uma na qual pudesse me encaixar. Por outro lado, também nunca permiti que se aproximassem de mim, pois me senti discriminada logo de chegada. A gordura, que começou a aparecer *mesmo* por volta dos 9 anos, deve ter amortecido meu cérebro, meu coração, minha simpatia. Tornei-me um caramujo escondido sob uma casca grossa.

Eu, que havia aprendido a superar as coisas indesejáveis desde cedo, comecei a ouvir agressões, apelidos pejorativos, e assim me fechei. Até nesse momento, eu agia diferente; se não era magra, era espirituosa, engraçada e sorridente. Antes de frequentar essa escola, nem me dava conta de que era gorda, e parece que nem meus amigos notavam.

O colégio da cidade onde eu morava era bem menor que esse, e eu brincava com todo mundo. Algumas meninas haviam estudado comigo desde a Educação Infantil; nos tornamos amigas, trocávamos segredinhos. Para elas, meu peso nunca aparecia na brincadeira. Tampouco para os meninos. Alegria sempre foi minha marca, eu cativava todos. Quando era agredida, nunca despejava palavras frias ou gritava. Simplesmente ignorava.

Foi na escola atual que comecei a ver e ouvir chacota dos outros e passei a notar o meu corpo gorducho. Percebi como ele era desajeitado e sem forma. Passei a conviver com esses pensamentos e nada me fez mudar de ideia. Meu mundo ficou esquisito. Minha vida virou do avesso. A alegria sumiu. A Ana engraçada perdeu a graça. O brilho dos meus olhos evaporou-se.

Mas, lógico, tem pessoas bacanas na minha turma. Laura, por exemplo. É disponível, ajuda os outros, porém, na dela. Quando voltei às aulas, na semana seguinte ao tombo, ela veio falar comigo. Mostrou-se solidária e lamentou não estar na cantina para me dar uma força. Quando é preciso fazer trabalho em grupo me junto a ela. Mas não me sinto à vontade para lhe confiar intimidades, mesmo porque ela não abre esse espaço.

Tenho a impressão de que esse traço do caráter faz parte da característica dos moradores desta cidade. Eles não interagem facilmente com forasteiros. Levam tempo para abrir a porta da casa e compartilhar suas vidas. Isto é dito e sentido por todos que vêm de outras cidades.

Então, naquela tarde, Julia me animou a começar um regime. Disse que eu já devia ter pensado nisso e que estava mais do que na hora de me cuidar, porque desse jeito acabaria doente e etecetera e tal. Julia é cheia das ideias e incentivos do tipo, "com metade desse peso você ficará ótima", e tem um lado cômico sensacional, "fora os ursos, ninguém precisa de tanta reserva de gordura".

Julia. Se tivesse que escolher um sentimento para definir nossa relação seria lealdade. Sinto pela Julia, e ela por mim, a mais profunda confiança e sinceridade. Jamais iremos nos decepcionar. Jamais iremos nos trair revelando aos outros nossos segredos. Anos de cumplicidade. Mesmo assim tenho segredos que nem ela sabe, tanto quanto ela tem os seus. Faz parte da nossa privacidade.

Nossa amizade é transgeracional. Nossas mães são amigas desde a juventude e isso facilitou a aproximação. Crescemos juntas, moramos na mesma cidade durante anos. Frequentamos o mesmo jardim de infância, pré-escola até a terceira série.

Foi nessa época que seus pais mudaram do interior para cá, onde moramos agora. Sentimos falta uma da outra e fazíamos contagem regressiva do tempo que faltava para as férias. Tempo de reencontro. Passávamos o dia e a noite grudadas, contando as novidades, confidenciando segredos, falando de mãe, pai, as diferenças com os irmãos, amigos. As madrugadas se animavam com nossas histórias. A lua já tinha ido dormir e nós continuávamos acesas. A vida era passada a limpo. Na hora de voltar, uma sessão de abraços. Muitas vezes o choro e a promessa de que não iríamos esquecer uma da outra. Não esquecemos.

Quando meu pai foi transferido para cá foi uma alegria só. Ela me recebeu com festa. Apresentou-me a cidade, seus parques, shoppings, livrarias, cinemas, lugares que ela costumava frequentar. Conheci algumas das suas colegas, mas não chegamos a nos tornar amigas. Infelizmente, não pude ir para a sua escola, por questões de vaga, valor da mensalidade. Não importa. Estamos próximas outra vez. O mais curioso é que o tempo passa e continuamos nos dando bem.

A Julia tem um senso de justiça que eu admiro. Ela não toma partido por tomar. Olha e analisa, pensa e ouve. Tem uma paciência incrível para ouvir os outros. A mãe diz que essa é uma característica essencial para um psicólogo. Sempre achei que a Julia poderia seguir essa profissão, mas ela quer ser juíza em vara de família. Não sei de onde tirou essa ideia. Um dia chegou com esse papo e sustenta até hoje.

Deve ser influência do pai. Ele é promotor público. Um cara legal, que chega, conversa, fala o que sente. Bem diferente do meu, que é uma ostra. Nunca sei o que ele está sentindo. Isso é ruim, não sabemos como agir perto dele. Olha só, acabo de descobrir que meu lado ostra tem herança genética. Estou aprendendo a expor meus sentimentos, traduzir o que sinto, ainda que seja apenas nessa longa carta, meu caderno.

No sábado, pós-acidente, a Julia reafirmou a urgência do regime, alegando que eu poderia usar as roupas que sempre tive vontade, além de acabar com as desconfortáveis assaduras (melhor nem perguntar!). Que eu seria mais sociável, mais isto, mais aquilo. Não é que ela estava com a razão? É como eu me sinto agora. Mais sociável. Leve e falante. Nesse dia, ela passou o resto da tarde me fazendo companhia e me consolando. Ela consegue me deixar bem.

Foi a Julia quem me levou para a piscina do clube, onde ela faz natação. Praticamente me arrastou. No início fiquei com receio da água. Mas ela me recebeu bem. Tornou-se uma amiga por quem tenho muito carinho. O que para mim é um bicho de sete cabeças, para ela é minhoca. Vê tudo de uma forma mais leve. Seu jeito de ser é mais tranquilo. É relaxada e serena. Eu sou ansiosa, apressada. Julia tem sido uma aliada na minha busca por um novo corpo. Ela e Francisco.

21

Francisco. Ah, Francisco! Uma pessoinha que está se tornando especial. Penso nele e me abro em risos. Lembro-me de um papo no recreio, logo depois que a gente se conheceu. Ele virou para mim e disse: "Aninha, você é muito bonita e querida. Não deixe que os quilos a mais sufoquem o que você tem de bom. Parece que nem percebe como é especial. Tira o peso da cabeça".

Não é lindo? Nesse dia voltei para casa saltitando. Ria sozinha. Via beleza em tudo. Beijava cachorro de rua, cumprimentava mendigo, sentia o perfume das flores. E cantava com Rita "... dizem que sou louco por pensar assim, se eu sou muito louco, por eu ser feliz, mas louco é quem me diz, e não é feliz...". Francisco me deixou feliz. Francisco me deixa feliz.

Ele me ajudou a ver o lado bacana do mundo. Acho que eu andava muito negativa, só pensava coisa ruim e vivia o que tinha de pior em mim. Só via o lado mau das coisas, das pessoas, e responsabilizava os outros por tudo que dava errado na minha vida. É claro que só vinha tranqueira para o meu lado. Eu era o próprio polo magnético de porcarias. As pessoas de bem com a vida nem chegavam perto.

Depois do tombo, quando decidi voltar ao eixo, tudo começou a mudar. Um fato que marcou muito bem essa passagem foi a entrada do Francisco na minha vida. Abri uma brecha para ele se aproximar e me ajudar.

22

Sabe qual é a minha nova descoberta? Quer dizer, não é bem descoberta, eu já sabia disso, mas é como se apenas agora tivesse o entendimento de como isso se processa.

Percebo que as pessoas funcionam como um espelho que me mostram o que sou e como estou me sentindo. Está bem claro.

Quando estou emburrada e de mau humor, tudo à minha volta se torna pontiagudo e áspero. As pessoas que se aproximam de mim vêm com uma energia semelhante, como se eu fosse um imã que as atraísse. Portanto, a tendência é tudo se tornar pontiagudo e áspero.

Mas se eu saio de casa de bem comigo, sorrindo, tudo acontece redondinho, se encaixa, flui. O professor, que nunca me enxergou, resolve olhar para mim e notar que sou inteligente; o verdureiro me oferece as melhores frutas; e o cachorro da vizinha, que sempre rosna para mim, resolve latir amigavelmente.

Tenho prestado mais atenção aos meus sentimentos e no que acredito que me faz bem. Descobri que quanto mais me gosto e me acho inteligente, mais meus colegas me respeitam. Isso começou a funcionar logo no primeiro dia de aula deste ano. Entrei na sala com a cabeça erguida e falei alto e sorridente: "bom dia". O meu sorriso era de verdade, o mesmo da infância. Eu sorria por dentro.

Estava mais magra e havia tomado sol, o que realçou os olhos verdes. Tinha feito um corte no cabelo que favoreceu o rosto e parei com aquela mania de usar rabo de cavalo todo dia. Não é que todos os olhares se voltaram para mim? Ouvi comentários do tipo: "Nossa, o que aconteceu com a fofa?". Do Murilo, claro, mas não teve repercussão, porque ele está longe dos seus cúmplices. Esse comentário é até compreensível, porque antes eu entrava muda e saía calada, a cabeça enfiada entre os ombros, olhar baixo e medroso, sorriso bonzinho, sem graça.

As observações deselegantes nunca mais irão desmontar a minha autoestima. Promessa de ano 15.

Foi nesse dia que meu olhar se cruzou com o do Francisco. Ele ficou me encarando, com aquele sorriso lindo. Num primeiro instante, toda confiante, pensei: "nossa, esse gato está sorrindo para mim!". Logo em seguida bateu a insegurança, mudou o tom do pensamento: "lógico que não é para você, né, sua boba!".

Olhei para trás, devia ter alguma menina entrando na sala, e era para ela que ele sorria. Ninguém. O sorriso era para mim! Retribui e baixei os olhos. Devo ter ficado roxa, porque senti o sangue do corpo inteiro se deslocar para o rosto. Quando já havíamos nos tornado íntimos, eu contei para ele essa fantasia. Rimos muito.

Começo a pensar que aquele escorregão veio em boa hora. Mexeu com tudo dentro de mim. Ora, antes que os outros me aceitem como eu sou, eu devo me aceitar. Aprendi com o Francisco. Entendi como é, e a cada dia essa certeza aumenta.

E quando eu atingir o peso certo para o meu corpo se sentir leve... Ah! Nesse dia vou me gostar ainda mais, vou me abraçar, me beijar e rolar no chão comigo. Vou me levar para tomar sorvete na praça e dançar a música que mais gosto, com os pés descalços na grama do parque.

23

O Roberto, nosso professor de Literatura, o cara mais querido do colégio e que eu amo, continua dando aula para nós. Tem uns caras no colégio que o discriminam por ser sensível, atencioso e preferir ler a assistir futebol. Eles têm a opinião que homem deve ser grosseiro, falar alto e só pode gostar de esportes. Tão atrasados! Roberto é um lindo. Namora outra linda, a professora de Língua Inglesa, e os dois formam um par lindo. Também quero!

Ele é diferente dos outros. Desenvolve qualquer assunto, inclusive indicou livros com o tema futebol para os fanáticos da sala. A sua aula é instigante. Faz pensar mais que a aula de Filosofia daquele boboca (que também continua dando aula para nós...).

Roberto entra na sala com sua pilha de livros e os esparrama sobre a mesa enquanto solta um "ufa!". Ele é todo atrapalhado, acho o máximo. Identifico-me. Abre um livro e começa a ler. Pronto. Não se ouve nem o esvoaçar das asas de um pernilongo. Depois que a turma toda está de queixo caído e olho vidrado, ele silencia e deixa o silêncio se espalhar pelo espaço.

Aí conversamos sobre o que foi lido. Geralmente ele nos apresenta o autor e traça um histórico do sujeito por meio das obras. Traz informações curiosas sobre o escritor e sua produção artística. Conta fatos que desmistificam o autor como um sujeito inacessível, um deus, e passamos a ver o cara como um de nós, com um cotidiano só seu, que vive alegrias e tristezas. Enfim, um ser humano, cuja profissão é inventar histórias sobre outros seres.

Esse professor nos estimula a pensar. Quem quer fala o que a leitura lhe provocou, o que o texto lhe disse. Surge cada papo interessante. Lógico que tem as babaquices, as observações tolas, sabe aquilo, fazer gracinha? Pois é! Mas ele nos conduz a mundos paralelos de onde se pode enxergar nosso próprio mundo e transformá-lo a partir desse espaço. Diz que esse é um dos presentes que a boa literatura nos oferece.

Em outros momentos é a gente que lê para os colegas; não como obrigação, lê quem quer. De vez em quando, ele aponta para o leitor do dia e diz: "Você!". Acaba escolhendo aqueles que sempre dizem não, seja por preguiça ou timidez. Muitas vezes esses alunos acabam revelando uma capacidade para falar em público inimaginável até para eles. Tem um menino que começou a estudar com a gente neste ano e que nunca abria a boca, mas quando leu em voz alta, por sugestão do Roberto, se transformou num gigante.

No semestre passado lemos um autor italiano, Italo Calvino, que narra um diálogo incrível entre o maior viajante de todos os tempos, Marco Polo e o conquistador Kublai Khan. Fala sobre cidades imaginárias. Marco Polo vai descrevendo, para o imperador dos tártaros, como são as cidades das terras que ele conquistou. Descreve com tantos detalhes, que elas acabam por se materializar à nossa frente. Adorei! O que Kublai Khan nunca ficará sabendo é se essas cidades de fato existiam, ou se eram apenas criação da mente fértil do navegador.

E a cada livro lido, ficamos conhecendo um pouco mais dos homens, do mundo, de nós mesmos e dos nossos afetos. O professor Roberto nos estimula a escrever todos os dias, nem que sejam cinco linhas. Vale tudo, diz ele, desde a impressão sobre o que aconteceu no dia à descrição minuciosa de um estado de ânimo que se apossou de nós. Afirma que com isso exercitaremos nosso estilo.

Sugere que registremos os sonhos e façamos um exercício para a imaginação, por meio das descrições. Ele nem sabe, mas sua opinião também me inspirou a iniciar este caderno. Minha mãe e ele. Desde o 7º ano ele dá aula para a minha turma. No início do ano, ele propôs que os aniversariantes do primeiro semestre escrevessem sobre o seu aniversário, sob qualquer ponto de vista.

"Um exercício literário para aprimorar a escrita estilística", sugeriu. Com essa tarefa, ele nos levava a praticar técnicas de redação, ordenar e expressar o pensamento, enfim, tudo de bom, mas foi uma atividade escolar que provocou muitos "ah, não!". Ele não se deixou abater, apenas respondeu "ah, sim!".

E, hoje, última aula do semestre, aconteceu algo especial. Roberto nos apresentou o retorno dos trabalhos e comentou alguns. O meu mereceu destaque. Chorei de emoção. Nunca antes, nesta escola, um professor fez comentários positivos sobre algo que eu tenha produzido.

Confesso que fiquei envergonhada ao entregar o texto. Ele tem um tom confessional, me expõe. Mas como era uma tarefa escolar, e só ele teria acesso à leitura, relaxei. No dia da entrega, eu estava com as mãos geladas e gaguejei. O professor perguntou se estava tudo bem. Respondi, timidamente, mais ou menos, não sei se é o que o senhor esperava. De certa forma o que escrevi me revela, isso pode? Ou está errado?

Com um riso de canto de lábios, respondeu: "O que espero é a prática da escrita, independentemente de como se processa em vocês essa construção. Cada um escreve do seu jeito. A isso damos o nome de estilo, Ana. Quer saber, admiro os criadores que se arriscam a falar de si nas obras. E, no mais, todas as criações carregam marcas dos seus autores". Aquilo me encheu de coragem e ânimo para seguir adiante baseada nas minhas intuições.

Hoje, quando ele sugeriu que eu lesse meu texto em voz alta, tremi. Meu olhar cruzou com o do Francisco. Era só encorajamento. Li. Quando terminei estava um silêncio absoluto na sala. Vi a troca de olhares entre os colegas. Alguns interrogativos. Alguns surpresos. Não consegui deduzir na hora qual foi o efeito da minha fala sobre a turma. O professor me tirou dessa angústia ao bater palmas três vezes, levemente, em sinal de aprovação. Aqui está.

Renascer

Minha gata me acordou cedo, 4h30. Disse, hora de renascer, abra os olhos, o mundo aqui de fora lhe espera. Miau... miau... miau. Despertei e me abracei. Tão cedo! Por que alguém resolve nascer a essa hora? Tão mais fácil nascer às 9h, 15h, 18h10. Quatro e meia da manhã, veja só! Está bem. Vamos despertar meu sol interior e receber as boas energias dessa data, afinal não é todo dia que se nasce de novo.

Sempre considerei que o ano-novo começa no dia do aniversário. Não tem folhinha que me convença do primeiro de janeiro. Para a astrologia, o ano começa no dia 21 de março. Para os chineses, no início da primavera, janeiro ou fevereiro, não tem dia fixo. Muito mais coerente, afinal, a primavera é o tempo do recomeço.

Dia de aniversário é isso, tempo dos fins e dos começos. Foi o que aconteceu dia 19. Limpei a casa de fora, limpei a casa de dentro e me preparei para a virada de ciclo. Revi o que aprendi e o que insisti em não enxergar. Um aprendizado de grande valia é saber agradecer. E sou grata pelo ano, ele me proporcionou bons presentes.

Caí e levantei. Machuquei-me, mas também soube curar as feridas do coração. Emagreci os quilos a mais que entalavam na garganta. Amei e fui amada. Celebrei 365 dias de surpresas e bem-aventurança. Olhei para mim com mais atenção e carinho. Exerci a delicadeza e a flexibilidade. Revirei do avesso e curei as dores com afeto e chá quente. Soube aceitar a mão estendida quando titubeei perante a vida.

Andei no sol e mergulhei no mar. Senti o frio roçar meu rosto no alto das montanhas. Dancei em noite de lua. Meditei. Orei. E ri, e ri, e ri. Também chorei e soube me acalentar para acalmar. Olhei para as armadilhas, que me mantinham num estado de desânimo e desalento, e disse para elas que tinha coisa melhor a fazer.

Fui corajosa. Olhei de frente para o escuro e trouxe de volta a beleza que eu havia perdido por lá. Encontrei-me e gostei do que vi. Amei a mim mesma e reafirmei que a pessoa mais importante para mim sou eu.

Estou viva outra vez.

24

Férias de julho. Só em pensar nos quinze dias que passarei longe do Francisco bate uma tristeza... Com quem vou conversar sobre meus sentimentos? Com quem vou jogar conversa fora? Nem Francisco, nem Julia. Eu a convidei para ir viajar conosco, mas seus pais tinham outros planos. É comum a gente passar férias juntas.

A minha família e eu vamos para um sítio dos amigos dos meus pais. Lá tem cavalo e rio. Minha avó ficou toda animada, disse que vai trabalhar na horta e relembrar o tempo que colocava a mão na terra.

Quinze dias. Para me prevenir contra o tédio, vou levar uma pilha de livros e todas as músicas dos Beatles. Quero andar a cavalo e nadar no rio. Se eu conseguir. Uia! Vai estar um gelo. Meu pai combinou que faremos alguns passeios. Existem algumas trilhas na floresta. Agora vou dormir. Amanhã devo madrugar.

25

"Boa noite, meu amor, estou deitada numa cama gostosa, com uma gata branquinha aos meus pés. Nem penso em levantar. Chove. Decidi que hoje não saio da cama, nem tiro o pijama. Vou ficar aqui para sempre, com meus livros, tablet, música e a sua lembrança. Sabe aquela foto que fiz de você tomando sorvete? Está aqui na minha frente, você olhando para mim com um sorriso encantador. Isso me faz tão bem!

"Onde você está neste momento? Pode me ouvir? Tem ideia de como me faz falta? Tem ideia do quanto sou a fim de você? De como me faz bem pensar em você? Preciso criar coragem para lhe falar sobre essa paixão que me tira o sono, me deixa nas nuvens, não me permite fazer nada mais do que pensar em você, a toda hora, todo instante.

"Estas férias serviram para eu descobrir que estou perdidamente apaixonada. Mas como faço para que saiba disso? Eu não sei falar, Francisco, tenho vergonha. Não sei falar. Lembra-se do dia que tentei explicar que gostava de você de uma forma diferente de como gosto das outras pessoas? Fiquei toda atrapalhada e parei no ato, pra conversa não ficar pior.

"Então... Eu não sei como se faz isso. Não sei. Vejo algumas meninas da escola se insinuarem para os meninos, com elas parece fácil. Ouço os comentários. Cada dia elas saem com um diferente, beijo de língua é normal. Mas, para mim, selinho já é um dilema.

"E, no mais, eu não quero ficar dando beijo de língua em todo mundo. Só em você. Sabia que você já é meu namorado, no coração? Quer namorar comigo? Eu vou adorar."

Aqui no sítio é um sossego que dá gosto de ver. Ou uma pasmaceira que dá agonia. Depende do ponto de vista. Essa foi a tônica do jantar da noite passada. Eu dizia, "nossa, não achei que fosse gostar e estou adorando". Já o meu irmão, "eu achei que fosse gostar e estou odiando".

Chove e não tenho a mínima vontade de sair da cama. Tenho cólicas. As férias têm sido boas. Papai, meu irmão o Luca e eu fazemos alguns passeios a cavalo e a pé. Aqui faz frio. O melhor programa é ficar ao redor do fogão a lenha, comer pinhão salpicado na chapa e tomar chocolate quente. Essa semente, o pinhão, é uma delícia mesmo. Imagina, uma árvore enorme como a araucária nascer de uma semente tão pequenina.

Quando eu cursava o 2º ano, a bibliotecária da escola narrou a história da gralha-azul para explicar o reflorestamento da araucária realizado por esse pássaro. Ele enterra a semente para comer mais tarde, porém, esquece onde enterrou e dali nasce uma nova árvore. Lembro-me sempre dessa lenda, porque a bibliotecária era muito boa contando história. Tinha uma fala do pássaro que me marcou. Ele perguntava a um fazendeiro: "Por que me mata?

Por acaso, você sai por aí matando homens? E quem faz mais que o homem, não vale tanto quanto ele? Sou uma ave pequena, aparentemente sem importância, mas faço crescer uma floresta de pinheiros. Semeio árvores que lhe servem de alimento, de casa, de cama e até de abrigo para sua última morada".

Outra vez acordei menstruada. Acho muito estranho essa coisa de sangrar todo mês. Ainda não me acostumei. Principalmente porque comigo é assim, um mês menstruo, outro não. Depois menstruo dois meses seguidos e paro outros dois. Dizem que isso pode acontecer por um tempo, depois para, e a gente marca dia e hora para ficar com a barriga dolorida, com o humor na ponta das unhas e sangrar todo mês.

Assuntos importantes para discutir com a Julia: o que a gente faz com a mulher que nos tornamos e o que a gente faz com a paixão. Preciso contar para ela que estou apaixonada pelo Francisco e não faço a mínima ideia de como dizer isso a ele.

A Julia insiste que eu devo ser mais ousada, chegar junto, dar a entender. Eu não sei como se faz, não sei... A Julia é mais resolvida, mais descolada, extrovertida. Mas também não tem namorado. É outra que só pensa em estudar, estudar. Umas paquerinhas, eu sei, mas nada sério, diz que é muito jovem para pensar em namoro.

Ah, eu quero! Quero namorar o Francisco, quero casar com o Francisco, quero ter filhos com o Francisco! Eu quero o Francisco!

26

Se eu tivesse que criar um título para este mês de setembro seria "a primavera em mim". Estou com o peito explodindo de felicidade, alegria, prazer, deleite, tremedeira, medo, tontura, tudo junto. Isso tem nome: Francisco. A gente se beijou.

Foi no parque. Ontem à tarde, saímos para andar e depois de um tempo sentamos na grama para ver o pôr do sol. Estonteante. O céu se tingiu de rosas, amarelos e azuis brilhantes. O cenário perfeito. Parece que fomos envolvidos por esta magia. As cores. A calmaria no ar. A brisa que amenizava o calor.

Nossas mãos se tocaram. Os corpos chegaram mais perto. Os olhos mudaram de foco e buscaram o sol de dentro de nós. Meu coração disparou, parecia saltar do peito. O dele também. Eu ouvi. Éramos dois corações palpitantes. As mãos suavam frio, as pernas amoleceram.

Emoções fortes devem provocam isso. Desatei a falar, falar, falar, nem sei o que, estava nervosa, não conseguia parar. Francisco olhou para mim, riu e me calou. Encostou seus lábios nos meus. Parei de falar. Ele ria aquele riso lindo que só ele sabe. É um riso sem som, que rasga o rosto e se espalha pelo corpo. E da boca, o riso sobe para os olhos.

Os olhos do Francisco faiscavam e buscavam os meus. Foram chegando de mansinho, aproximaram-se, e eu, estática, hipnotizada pelo olhar, via os lábios carnudos próximos e não conseguia ter nenhuma atitude. Sabia que aconteceria outra vez, mas não sabia o que fazer. Fiquei imóvel. Novamente seus lábios se encostaram aos meus. Foi então que senti. Tão macio. Leve. Bailava sem sair do lugar.

Um raio de energia percorreu minha coluna. A sensação mais gostosa que experimentei. Fiquei muda, sentindo o que nunca havia sentido, o desconhecido me envolvendo, a sensação de estar dissolvendo. Não tinha mais noção do corpo, nem dos braços, nem das pernas. Apenas um leve tremor. Sensações. Calor, textura, maciez. Nossa, como é bom! Bailava sem sair do lugar.

Então isso é o amor? Ou é a paixão? Ou isso é apenas um beijo? Ou aquilo que chamam de prazer? Seja lá o que for é como se a paz tivesse se instalado dentro de mim. Tudo se calou. As vozes de dentro, a angústia, o medo. Como se o tempo tivesse parado, e eu fosse levada por um movimento ondulante, morno, embalada pelo som do mar que brotava dos meus lábios e dos lábios do Francisco. Bailava sem sair do lugar.

Nossas mãos, antes frias e úmidas, aqueceram-se e se enrolaram, se acariciaram, dedos nos dedos, pulsos nos pulsos, braços nos braços. Lábios nos lábios. Leve pressão do amor. Os olhos se abriram e sorriram.

Francisco, meu querido namorado. Brincamos de se chamar de fofo e fofa. Mas isso é só entre nós. Uma brincadeira inventada para exorcizar as más lembranças e lembrar que o amor pode transformar a dor.

Quando cheguei em casa, quase sufoquei a Mia de tanto beijo e cafuné na sua barriga. Ela não devia estar entendendo o meu estado de euforia, mas curtiu um monte. Ligou o motorzinho de fazer ronrom e não desligou mais. Dormimos juntinhas, ouvindo minha musa cantar: "Linduuuu e eu me sinto enfeitiçada... yeahhh... correndo perigo, seu olhar é simplesmente linduuuu".

27

Hoje pela manhã fiquei tentada a não ir à escola. Bateu uma angústia, um medo de encarar o Francisco. Paralisei. Estava sentada na cama, com a mochila nas mãos, travada, o coração querendo sair pela boca, quando minha mãe entrou no quarto e disse: "Ana, ainda não desceu para tomar café? Anda, estamos atrasadíssimas".

Respondi que achava que não ia dar. "Não vai dar por quê?" "Estou com medo, mãe." Ela me encarou e foi determinante. "Muito bem. Não temos tempo para conversar sobre o seu medo agora. Então, pega ele pelas mãos e vão juntos para a escola. Mais tarde a gente conversa." Fiquei lá com cara de boba. Resolvi olhar para o medo e encarar.

"Ok, monstrinho chato, vamos para a escola. Se o Francisco fizer de conta que não me beijou ontem à tarde, fizer de conta que já se esqueceu do encontro, paciência. Ao menos experimentei o gosto de um beijo."

Peguei o medo pelas mãos e saímos. Durante o trajeto não conversei com a mãe. Ela dirigiu em silêncio. Não insistiu em conversar. Nisso, ela é boa. Percebe quando quero ficar quieta. Ao chegar à escola, vi Francisco no lugar de sempre, esperando por mim. E ele falou: "Nossa, como você demorou, estou aqui há vinte minutos. Achei que nem vinha mais".

28

Tive uma recaída. Descobri que paixão dói. Voltei a comer feito uma desesperada. Devoro a ansiedade com pratos gigantescos de espaguete. Se numa recaída eu recupero todos os quilos que sofri para perder, de que adianta fazer regime? Voltei a sentir dor no peito. Não quero mais sair do quarto. Quero ficar sozinha, olhando para o teto, sonhando, lendo, escrevendo, para me dar conta do que se passa dentro de mim.

Escrever é o meu exercício para manter o bom relacionamento comigo e com os outros. Traz clareza para os fatos. Escrevendo posso voltar atrás, ler o que escrevi e entender como tudo aconteceu. Meu caderno, meu confidente, meu terapeuta. Várias vezes a mãe tentou me convencer a fazer terapia. Não preciso, digo a ela. Tenho meu caderno de confidências. Com ele desabafo e falo o que não falaria para o terapeuta.

Eu sei, eu me conheço. Não ia suportar aquele cara olhando para mim, sem abrir a boca, esperando que eu fale, fale, fale, e ele quieto, só olhando, para no final dizer meia dúzia de bobagens, ou nem isso, dizer: "Seu tempo acabou". Sei como é. Francisco me contou. Não sei como ele aguenta. Eu ia morrer. Não funciona para a minha personalidade.

Ao menos o caderno não fica com esse olhar inquisidor. Com ele, me dou bem. O que se passa na minha cabeça, vai para o caderno. Vontade de chorar, para o caderno. Raiva, caderno. Medo, caderno.

O medo mais recente, e que acho que desencadeou essa última crise, é o de ser abandonada pelo Francisco. Nem quero pensar. Já o imaginei chegando para mim e dizendo que não quer mais namorar. Ai! Com a mesma rapidez com que esse pensamento me invade, outra voz se coloca em confronto à primeira:

"E por que iria se separar de você, se vocês se gostam, curtem estar juntos e se você é tão bacana?"

Quem falou isso foi a outra. Tudo por uma razão. Tento falar com Francisco sobre nossos sentimentos, e ele se recusa. O cara anda estranho. Saturnino. Pronto. Lá vou eu com minha mania de astróloga. Então, se você não sabe, Saturno é um pesadão, o pai do zodíaco. A gente diz que quando ele atua sobre nós, ficamos tristes, introvertidos e isolados. Mas também tem a ver com as grandes experiências que trazem responsabilidade e seriedade.

Francisco é do signo de capricórnio. Faz aniversário no dia cinco de janeiro. Ele também é anjo e protegido por um guardião da humanidade. Mas às vezes parece ter sido esquecido por ele, pois revela um gênio azedo e inflexível. Fica taciturno, fechado, ninguém tira uma palavra da sua boca. Diz que está tudo bem e pede que o deixe quieto, que daqui a pouco ele volta. Volta de onde? Volta nada.

Fica horas se remoendo, nesse estado casmurrento. Não que ele seja malcriado comigo. Simplesmente não fala.

Sei que geralmente os meninos têm mais dificuldade em falar sobre o que sentem, mas eles têm sentimentos sim. Com meu irmão acontece exatamente dessa maneira. Ele é mais velho que eu, três anos, e teve sua época difícil. Era triste conviver com o cara. Andava rebelde, mal-educado, estúpido. Agora está melhor, mas não fala sobre sentimentos. Eu pergunto sobre a namorada e ele só diz, "tá boa", e desconversa. Mas quando fala dela, seus olhos brilham.

Pode perceber. Eu descobri que devemos olhar nos olhos das pessoas quando conversamos. Se elas não falam dos sentimentos com palavras, falam com o olhar. Vejo isso com Francisco. Às vezes seu olhar não fala, grita. E quando ele está nesse estado, não adianta querer se aproximar. É agudo, cortante.

Agora deu para fazer programas sozinho, quer dizer, sem a minha companhia. O Francisco tem um grande amigo, companheiro de toda hora, o Rafael, sua sombra. O que um faz, o outro faz. O que um pensa, o outro pensa. O que um usa, o outro usa. Irritante. Ultimamente tem prestado mais atenção ao amigo que a mim. Às vezes penso que vai me trocar pelo cara. O Francisco é meu, só meu.

Ele fica nesse mutismo inabalável e quando resolve falar, diz que eu não deveria me preocupar e sim confiar no seu amor por mim. Apenas precisa de privacidade. Privacidade. Agora está com esse discurso na ponta da língua. Privacidade. Francisco mudou. Não é mais o meu Francisco.

29

Novembro. Hoje vou falar da outra. Descobri que dentro de mim moram duas Anas. No final dos 15, descobri que sou duas. Uma confiante, outra insegura. Uma alegre, outra triste. Uma corajosa, a outra um medo só. Uma me lembra dos defeitos, a outra nem liga para eles. Uma cutuca, a outra lambe, como fazem os bichinhos com seus ferimentos: lambem, lambem, lambem, até curar. Eu fico ouvindo e falando com elas.

Quando uma Ana começa a ocupar muito espaço e pensar coisas tipo "vai levar um fora, o Francisco vai encontrar uma garota mais legal do que você", convoco a segunda Ana, que entra em ação e responde: "Pode parar com isso, pode parar já com essa ideia de ser abandonada. Quem vai querer abandonar uma garota legal como você? Tem bom coração, não maltrata nem mosquito, é incapaz de ferir as pessoas com palavras ou atitudes. Além disso, tem os olhos mais lindos que já vi. Quando o sol toca neles, ficam verdes e brilhantes".

Foi o Francisco quem falou isso. Que saudades do meu querido, macio. Era final de tarde, na pracinha. Ele olhou dentro dos meus olhos e disparou: "Adoro ver o sol batendo nos seus olhos. Ficam verdes e brilhantes. Lindos".

Ele é romântico. Durante as aulas, me manda bilhetinhos. Coisas do tipo: "miau"; "minha namorada linda"; "lua cheia, me dá um beijo"; "menina encantada, te amo". Coisas assim, boas de ouvir, boas de ler.

Voltando às duas. Quando as Anas discutem dentro de mim, fico atenta e observo. É um bom exercício e me divirto. Ao menos são duas e pensam diferente. Imagine se existisse apenas uma, a insegura, medrosa e triste. Eu já tive uma Ana só. Foi na época dos 11 aos 14. Não era bom. Não havia uma segunda Ana para enfrentar a primeira.

Um dia, essa Ana reapareceu. Tive que ir atrás e recuperá-la. Ela já existia, apenas estava quietinha, sem espaço para se manifestar. Também, quando surgiu não parou mais de se colocar. Está sempre tomando atitudes. Gosto dela, porque me deixa mais segura. Mas a outra sempre retorna e insiste em tocar o indesejável.

As duas Anas são importantes. Uma mostra as qualidades ruins e possibilita que a outra transforme-as em boas. Elas são como pratos da balança, oscilando continuamente. Um pouco para cima, um pouco para baixo. Quando se igualam, eu fico bem e experimento instantes de harmonia. O peito fica leve e minha cabeça para de doer.

Justamente. Uma delas faz a cabeça doer. É a Ana que pensa muito, critica tudo, fica imaginando besteiras. Quando ela entra em ação, minha cabeça dói, dói, dói. Depois vem a outra Ana, com uma ideia nova, um novo olhar e uma nova forma de agir. E a dor se vai. Às vezes dá impressão que passou uma ventania forte e me desassossegou. Nessas horas, o que me acalma é a água. Sempre. Na água, até as Anas se calam. E nadam!

30

Francisco está novamente leve, amoroso e atencioso. O Francisco macio. Seu momento saturno passou. Convidou-me para passar o final de ano com ele e sua família numa casa que eles têm na montanha, próximo ao mar. Fiquei passada com esse convite. Não esperava. Pulei de alegria e o enchi de beijos.

Ele disse que a paisagem é estonteante. Mas tem dúvidas se eu vou gostar. É um lugar silencioso, sem agito e longe de tudo. Falei que vou adorar e que não faço questão de sair, ir pra balada, estar com ele me basta. Contou um pouco sobre o lugar. Lá existe um templo budista que é frequentado pelos seus pais. O nome do templo, em português, significa "viajante do céu de um local sagrado". Achei lindo, inspirador.

As nossas famílias não sabem do namoro e agimos como se fôssemos apenas amigos. Foi com esse tom que ele veio à minha casa e falou com meus pais. Prometeram pensar sobre o assunto, mas antes queriam conhecer os seus pais. Ficamos animados e marcamos um encontro para eles. Nossas mães se encontraram, e meus pais consentiram que eu viajasse.

Mamãe fez mil recomendações à mãe do Francisco. Tomar conta de mim, cuidados no mar, com o sol etcetera e tal. Enfim, avisá-la sobre qualquer coisa fora de ordem. As duas se deram bem. A mãe do Francisco está acostumada a levar os amigos do filho em viagens, mas riu ao falar que, até esse momento, ele não havia convidado nenhuma amiga. Acha natural. Encabulamos. Devo ter ficado um pimentão.

Mais tarde, minha mãe veio conversar comigo e, outra vez, reclamou que eu não me abro com ela. Ah! É tão difícil. Eu disse que estamos apenas nos conhecendo, só isso. Ela não acreditou. "Ah, vai, Ana, está na cara de vocês que tem algo mais que amizade." Não insistiu. Foi superexigente nas recomendações, inclusive sobre esta "simples amizade" com o Francisco.

Pediu para que eu vá devagar e não ultrapassasse os limites indicados pelo corpo e pelo coração. Insistiu para eu manter o controle sobre os afetos e cautela nas intimidades. Eu sei o que ela está querendo dizer. Mas nem penso nisso. Nossa! Está bom desse jeito. Além disso, não me sinto preparada para nada mais que beijos, mãos dadas, cabeça no ombro e carinho no rosto. Sei que muitas garotas acham isso uma caretice, mas nem ligo.

Hoje saímos para comprar algumas roupas de verão. Presente de Natal, disse a mãe. Cada presente! Ganhei um biquíni, uma saída de praia, um vestido gracinha, de pano leve e alcinhas, um short e um chapéu. Comprei filtro solar 30 e uma sandália branca de dedo. Adoro! Já escolhi o livro de viagem, a mala está pronta há uma semana. Partimos amanhã bem cedo. Meu caderno vai comigo, claro. Vou sentir falta da Mia.

31

Estou no paraíso que Francisco criou para mim. Parece um sonho. Da janela do meu quarto vejo o mar, lá embaixo, em quarto plano, depois do verde da mata em primeiro, do azul da lagoa e do branco das dunas. As águas do oceano avançam para dentro do continente e formam a baía recortada por morros e rochedos. Até agora o paraíso só existia no meu imaginário, mas descobri que ele é real. Não preciso ir atrás de um lugar distante e inatingível. Está tão próximo que é possível tocá-lo com os olhos e com o coração.

Se de um lado está o mar, do outro, as montanhas. O chalé foi construído no corte de uma delas. Da frente da casa se vê e ouve águas escorrendo entre as pedras formando um rio de cascatas, poços e piscinas, envoltas por bananeiras e bambus. Aves multicoloridas passeiam por aqui. Passamos horas observando os pássaros. Vimos um tucano de peito amarelo, lindo. A natureza ao alcance da mão. Eu nunca tinha estado num lugar como esse. Encantada.

Nesse paraíso, o céu tem mais estrelas. A lua é maior e mais redonda. Os arco-íris se abrem, duplos, antes de mergulhar além do mar, junto aos potes de felicidade. Acho um privilégio estar onde a natureza mostra toda a sua exuberância. A cidade faz a gente esquecer. O sol já é quente às seis da manhã e, quando o calor se torna insuportável, tomamos banho de cachoeira. Eu tenho meu local preferido. É ali que fico sentada sobre duas pedras pequenas que formam degraus, por onde as águas escorrem, depois de descer por uma garganta formada por duas grandes pedras. Ali eu me largo e deixo a água massagear meu corpo, enquanto ouço o canto dos pássaros e as cigarras que nunca se calam.

À noite, a lua cheia nasce atrás dos montes e ilumina a mata verde pendurada na serra, antes de baixar no oceano, formando um rastro de luz na baía, que se tinge de dourado e prateado. Pendurada nessa casa, em cima do morro, eu olho em volta e agradeço à vida por tudo o que ela tem me dado.

Com Francisco aprendi a acordar a cada manhã e sorrir para mim mesma, feliz por ter a oportunidade de construir mais um dia. Nesse canto do universo, passo o tempo na companhia do namorado lindo. Lemos, conversamos, nos beijamos. Às vezes descemos o morro a pé para comprar o que falta para sua mãe cozinhar. Quase morremos de cansaço na volta. É muita curva na vertical.

Marina. Ela é uma companhia agradável. Amorosa, mansa e terna, como Francisco, nos seus bons dias. No final da tarde, ela nos serve suco de acerola, de abacaxi com menta ou limonada. Senta-se conosco no deque de onde se avista o mar. Seu olhar contemplativo se perde no horizonte. Depois de um tempo, volta ao presente e fala conosco. Recolhe os copos e nos deixa sozinhos, a sonhar.

Numa dessas tardes, olhou para nós e disse que nós lembrávamos seu namoro com o pai do Francisco. Ele foi seu primeiro e único namorado. De novo, encabulamos. Está evidente que nossa história vai além de colegas da escola. Nós nos olhamos e rimos.

Não precisamos de muito para ficar bem, muito menos de balada. Sábado à tarde, descemos à cidade para tomar sorvete e ver o movimento. A animação da galera é boa, mas, confesso, gosto mesmo do sossego da casa na montanha encantada, só nós dois no deque, e a lua a nos espiar. Por mim, o mundo pode se acabar desde que eu esteja nos braços do Francisco. Ele está frequentando um curso de marchetaria e trouxe umas peças para montar, pequenas caixas, bonitinhas de tudo. Fico vendo-o trabalhar e esqueço o tempo, e a gente conversa, conversa, conversa... e se beija. Claro.

No domingo passado foi dia de conhecer o templo budista. Às dez horas acontece a meditação conduzida por uma monja, que recita as preces em tibetano e marca o ritmo batendo num tambor, espécie de grande prato suspenso na vertical. Aos poucos, entramos num estado de silêncio e paz.

Essa semana, descemos o morro de carro, com o pai do Francisco. Enquanto ele, o Mário, foi resolver assuntos na cidade, nós ficamos na praia. Descobri que prefiro cachoeira. O mar me assusta. Ele é muito grande e misterioso. Ao mesmo tempo é como se eu o contivesse dentro de mim.

Deve ser por isso que tenho tanto medo daquilo que sinto. É tão vasto quanto o mar, vai além de onde meus olhos alcançam, da minha compreensão.

Ficamos na praia até o sol se pôr, com o olhar no horizonte, sonhando com as próximas aventuras. Francisco tem um projeto de conhecer os parques naturais do mundo. Eu vou junto. Já falei. Seu pai prometeu que, nas próximas férias de verão, eles vão para um parque na América do Norte. Disseram que é fantástico. Quero ir junto. Será que meus pais vão deixar? Será que é muito caro? Preciso ver se eles podem bancar essa viagem.

Ah! É tão bom sonhar e fazer planos para a vida com quem a gente gosta. Estou curtindo muito essa história de namorar. É melhor do que eu imaginava. Mas é um namoro diferente do modelo que as meninas do colégio têm. Elas vão para as baladas, produzidíssimas, e sempre voltam com um namorado que dura só até a próxima balada.

Ah! Acho que o mundo que eu vivo é bem mais democrático que aquele que minha mãe viveu, que já foi muito mais arejado que aquele que minha avó viveu. Essa história de namoro, por exemplo. Quando a Marina falou que nós a lembrávamos dela e do Mário, fiquei pensando se o Francisco e eu estávamos ficando velhos no meio da adolescência. Mas depois pensei: "Ah, a gente vive num mundo que pode tudo, namoro de um dia, balada todo dia, namoro com sexo aos 13, namoro sem sexo, namoro virtual, e namoro como o nosso, do tipo que fica junto o tempo todo, dorme na casa do namorado, faz comida na casa da namorada e não faz questão de estar com um grupo na farra, mas sozinhos criando a nossa farra particular, ainda que a gente não transe". Minha mãe contou que, quando tinha a minha idade, nem pensava em dormir na casa do namorado, e que ela só foi transar com meu pai depois de anos de namoro.

Ah! Eu fico com vontade do Francisco, fico com muita vontade dele, e sinto que ele também me deseja. Mas ainda não estou pronta e essas coisas devem acontecer naturalmente. Sei não, mas acho que essas férias prometem. Dia desses a gente quase transou, mas bateu um medo inexplicável e resolvi fazer brigadeiro. Ah! Deixa rolar. Temos quarenta dias pela frente e muita coisa pode acontecer.

32

Vinte e nove de dezembro. A mãe do Francisco morreu afogada.

Terceira Parte

Urso

33

Fevereiro. Só agora consegui me organizar para voltar ao caderno e relatar os acontecimentos de dezembro para cá e como ando me sentindo. Daqui a pouco faz dois meses que a Marina morreu. Continuamos numa espécie de estado de choque. Francisco não voltou a falar. Respeito o seu silêncio. Fico ao seu lado e lhe ofereço carinho e apoio. Sua dor é a minha dor.

Nem gosto de me lembrar do ocorrido. Dói a boca do estômago. Foi o evento mais triste vivido nesses quase 16 anos de vida. Nunca perdi alguém tão próximo. Quando meu avô paterno morreu, eu era bebê.

Conhecia a Marina havia apenas um ano, mas nossa convivência foi intensa. Passei muito tempo na sua casa, criamos uma cumplicidade gostosa e verdadeira. Ela era amável e amorosa comigo. Estava feliz pelo Francisco ter me conhecido. Dizia a ele: "Ana é uma pérola". Querida. Uma querida por todos.

Francisco amava sua mãe profundamente. Nunca se queixou dela, nunca falou sobre ela com sentimentos ruins, destes que geralmente usamos para falar dos nossos pais quando eles nos contrariam. Era sua confidente, amiga, seu apoio. O Mário está arrasado. "Em um mês envelheceu dez anos", diz meu pai.

Foi tudo tão rápido. Fomos os quatro para uma praia que não era muito frequentada. Era cedo, havia pouca gente. Alguns pescadores, mães com filhos pequenos que não ficam no sol depois das oito. Dois casais de idosos e nós. Não era uma praia com muito movimento. Francisco e seu pai foram correr e eu fiquei com a Marina.

Ela levantou e disse: "Vou dar um mergulho, quer vir comigo?". Preferi ficar na areia tomando sol. Do meu canto, acompanhei a sua entrada no mar. Ela estava com água pelo joelho. Abaixou-se, como se fosse mergulhar, e não voltou mais. Quando ela fez o movimento para baixo fui assaltada por uma sensação estranha. Senti uma pontada no peito e não entendi por quê.

Fiquei com os olhos presos no local, esperando ela emergir, mas nada. Levantei e fui para a beira do mar. Chamei por ela; uma, duas vezes. Sem resposta. Achava impossível uma pessoa ficar tanto tempo embaixo da água. Começou a me dar uma tremedeira, vontade de chorar. Olhei em direção para onde foram os dois e os vi; estavam longe, na ponta da baía.

O choro veio, subitamente, desesperado, aos solavancos. Eu soluçava e gritava seu nome. Isso atraiu a atenção de dois rapazes. Deviam ser moradores da região, pois vinham com redes e material de pesca nas mãos. Eles se olharam e um disse para o outro: "Cara, será que aconteceu novamente?". Eu perguntei: "Aconteceu o quê? O quê? A Marina, ela mergulhou e não volta". E apontava para o local onde ela entrou no mar.

Eles não responderam. Apenas se jogaram na água. Nadavam e mergulhavam. Foi chegando gente, mais gente, e eu desesperada, soluçava. Chamava pela Marina, pelo Francisco, Mário. As pessoas falavam comigo, mas eu já não as ouvia. Não estava em condições de responder. O pânico foi se tornando maior e não me lembro de mais nada. Minha memória se tornou uma massa de imagens confusas e aflitivas. Pessoas, pessoas, falação, corre-corre.

Quando voltei a mim, estava no hospital, deitada numa maca. Uma enfermeira me deu algo para tomar. Foi tudo muito rápido, confuso, angustiante. Vi Francisco ao meu lado, com o olhar perdido. Chamei por ele. Uma, duas, três vezes. Ele chorava baixinho. Levantou-se e chegou perto de mim, me olhou com olhos escuros, tristes e molhados. Abraçou-me. Silêncio. Nenhuma palavra. Eu também não conseguia falar. Tentava entender o que acontecia.

Mário aproximou-se de nós, com um ar transtornado, corpo curvado, os olhos vermelhos pareciam ter sido injetados com sangue. Ele abraçou Francisco e fez um carinho no meu rosto. Perguntou se eu estava bem. Eu não sabia o que tinha acontecido. Imaginei que ela tivesse se afogado, sim, mas estivesse sob os cuidados médicos.

Depois adormeci outra vez e acordei com meus pais ao meu lado. Eles me contaram. Marina havia morrido. E quem entrou num estado de mudez fui eu. Não conseguia acreditar. Tinha a impressão de estar vivendo um filme ruim. Levantei e encontrei o Francisco encolhidinho, sentado num canto do hospital. A gente se abraçou, mas ele continuou calado. Olhava para mim com aqueles olhos lindos, mas o brilho tinha ido embora e o que eu via neles era a morte. Já era noite.

Voltamos para a casa da montanha. Fui no carro com Francisco e seu pai. Silêncio e tristeza. A única coisa que Mario falou durante todo o trajeto foi: "É, meu filho, teremos de aprender a lidar com o vazio que a Marina vai deixar em nós. Mas não devemos lastimar sua morte. Ela viveu o que tinha a ser vivido".

Tive vontade de gritar que ele estava sendo injusto com o Francisco, comigo. Não percebia a nossa dor? Como podia falar com tamanha serenidade? Não sentia a morte dela? Ou não se dava conta de que ela não voltaria mais? Esses pensamentos vieram carregados de raiva e revolta. Como uma pessoa morre de um instante para outro? E na minha frente? Tive vontade de socar o banco, quebrar o carro, gritar, gritar, que Deus é injusto e mau.

Sem pedir permissão, a segunda Ana apareceu e me lembrou do conceito de impermanência, lido recentemente. A primeira teve vontade de gritar: "Isto é bacana no papel, quero ver se o autor desse livro que você leu vai defender esta tal de impermanência quando a morte levar uma pessoa próxima dele". Subitamente fui atingida por dois raios. Em pensamento mandei as duas se calarem.

Olhei ternamente para o Francisco. Ele só estava ali com o corpo. Seu espírito, nem sei onde tinha ido parar. Apertei levemente sua mão e dei-lhe um beijo no rosto. Ele voltou-se para mim. Seus olhos refletiam a dor da alma. Quis arrancar aquilo de dentro dele. Mas eu estava dolorida demais para poder ajudá-lo. Encostei-me nele e fiquei quietinha. As Anas disseram "vai passar".

Aos poucos as pessoas foram chegando, parentes, amigos. Seguiu-se um tempo de orações e rituais de passagem. Seu pai decidiu realizar a cerimônia no templo budista. Marina foi enterrada no bosque que circunda o local, entre as estátuas de budas e estupas*. Não houve gritos, nem choros desesperados. Todos pareciam aceitar a morte como algo muito natural. Para mim era tudo novo. E, por um momento, entendi que a morte é um evento simples. Um dia a gente nasce, noutro a gente morre. E a vida vai se encarregando de nos consolar. Não saí um só instante do lado do Francisco. Voltamos para a cidade e vivemos dias de tristeza e luto.

Aos poucos fui conhecendo melhor o Mário e descobrindo com ele como é lidar com a perda de alguém querido. Mário agiu com serenidade, sem raiva, nem revolta. Por fim, era ele quem consolava os amigos e as pessoas da família da Marina, as mais inconsoláveis. Sua espiritualidade ajudou o Francisco a superar a dor.

Dias depois mamãe me auxiliou a preencher a lacuna aberta pelo esquecimento. Vivi o que os médicos chamam de *black-out*. Ao ver os rapazes tirando o corpo já sem vida da água, desmaiei. Quando recuperei os sentidos, entrei num estado de catatonia leve, do qual tenho poucas lembranças. Tudo é nebuloso. Imagens de pessoas correndo, aglomeração. Esse estado pode ter sido ocasionado pelo forte abalo emocional, explicou o médico. Ao ver os exames ele confirmou que está tudo bem comigo.

Ficamos sabendo tarde. Naquele exato lugar onde Marina foi se banhar, há um canal por onde passa uma corrente marítima fortíssima. Outras pessoas já se afogaram ali. Não

---

*Estupas: um monumento redondo e alto onde os budistas depositam oferendas e andam em torno dela, recitando mantras e meditando. (*N.A.*)

havia placa para orientar os turistas. Uma negligência que abstraiu a presença de pessoas. Marina foi a terceira vítima.

Tenho percebido como a vida é fugaz e imprevisível. Aos poucos Francisco está voltando ao mundo dos vivos. Permaneço com ele o máximo que posso. A mãe desistiu de tentar fazer com que eu fique em casa. Percebeu que não vou sair do lado dele. Com isso nosso namoro ficou evidente, pois passamos a demonstrar afeto na frente de todos.

Meus pais estão sensibilizados com o episódio. A mãe, tadinha, está tão comovida e solidária com o Francisco, só falta adotá-lo. Ela tem sido uma companheira para nós. No dia do aniversário dele, fez um bolo, e eu o levei para sua casa. Agora moram os dois, sozinhos. Nesse dia, ele me beijou e foi a primeira vez, desde a morte da sua mãe, que falou mais do que "sim; não; tá tudo bem". Já haviam se passado sete dias, ele continuava lacônico e breve.

Amanhã recomeçam as aulas. Vai ser bom para nós. Francisco terá mais ocupações e isso o ajudará a tocar a vida em frente. Segundo ano do Ensino Médio. Será um ano bacana, eu sei. Sempre é.

34

Impermanência. Li sobre esse conceito do budismo num livro que encontrei na casa do Francisco, no ano passado. Tornei a ler, agora, na sua companhia. O assunto é simples, mas sua prática é complexa, porque vai na contramão de tudo o que aprendi e pensava sobre o ato de viver. Precisei ler o capítulo duas, três vezes, para entender com o coração que nada é para sempre, nem as coisas boas, nem as ruins. Mamãe sempre falou isso, mas sem dar esse nome, apenas dizia que tudo na vida é passageiro. E veja que engraçado: eu, que sempre gostei desses assuntos, encontrei um namorado que é praticante dessas mesmas coisas.

Eu gosto de escrever, porque enquanto escrevo torno as coisas mais claras. Então é assim, Ana, quando grudamos numa coisa, pessoa, atitude ou sentimento, e não queremos largar, a gente sofre, porque, independentemente da nossa vontade, uma hora isso acaba. Por isso o budismo fala em exercitar o desapego diariamente, controlando a mente e os pensamentos que são criados por ela. A intenção da impermanência é a ausência de apegos, seja das coisas grandes, seja das pequenas.

A gente pensa o tempo todo e o tempo todo cria ações e situações que podem levar ao sofrimento ou à harmonia. Vivemos os dramas e as dores da vida como se fossem para sempre, por isso sofremos tanto. Se pensarmos que tudo passa, inclusive nós, fica mais fácil viver. O Francisco e eu adquirimos o hábito de discutir os textos que lemos para entendê-los melhor. Quando a gente leu esse livro, ele colocou uma música. A letra diz: "Nada do que foi será de novo do jeito que já foi um dia. Tudo passa, tudo sempre passará. Tudo o que se vê não é igual ao que a gente viu há um segundo, tudo muda o tempo todo no mundo".

Exemplos me ajudam a compreender o que as coisas querem dizer e, enquanto pensava no desapego, surgiu a imagem de uma roupa que gosto e uso durante muito tempo. Uma hora ela fica velha, rasga. Cumpriu seu papel de me vestir. É tempo de me desfazer, por mais que curta o modelo, a cor.

Essa pode ser uma maneira de pensar a vida. Considero-a sensata e equilibrada. Lembrar que tanto as coisas materiais quanto os sentimentos e as pessoas se vão, me faz dar mais atenção a elas na hora em que estou com elas. Bom. Isso é fácil de compreender, difícil é praticar. Para mim, entender e aceitar a morte como condição da vida já é o suficiente.

A gente vive numa montanha-russa de afetos, agora para cima, agora para baixo, para cima, para baixo. Ufa! E dá-lhe frio na barriga. O tempo todo oscilando. Um dia muito alegre, noutro muito triste; um dia eufórico, noutro desanimado. A meditação, na prática budista, é um caminho que ajuda a viver de uma forma mais estável. Ensina a controlar os pensamentos, os afetos, e não se deixar levar por eles. O tal do caminho do meio. Na ioga a gente exercita isso, porém, em movimento e não estático, como na meditação. Para mim não há dificuldade nenhuma em ficar parada com o corpo. Difícil é parar os pensamentos. E o que vivi nesses últimos anos está mais para um rocambole de emoções do que um estado búdico. Mas eu chego lá!

35

Na semana passada, comemoramos meu aniversário de 16 anos. Estou virando gente grande. Ninguém estava no pique de festa, mas todos foram unânimes: não passaria em branco, iríamos comemorar com os amigos mais chegados. Mamãe trouxe seu famoso bolo. Eu brinco e chamo de bolo três andares. Ele dá o que falar. No primeiro andar, recheio de leite condensado com nozes; segundo andar, creme de ameixa preta com vinho do Porto e, para o terceiro andar, pedaços de abacaxi. Lendo pode parecer uma mistura sem sentido, mas quando a gente come, isso vira uma tentação, não se consegue parar. Cobertura de suspiro, sempre.

O encontro foi na casa do Francisco. Sugestão dele, nós acatamos. Tenho passado bastante tempo por lá. Mário diz que minha alegria contagia o ambiente. É. A alegria chegou e mandou dizer que não vai mais se afastar de mim. Reunimos as pessoas à noite. Pouca gente: meus pais; Luca e Dedé; minha avozinha; tia Rita e o namorado dela; Julia, Rafael e Tati; Horácio, um amigo do Mário; e nós. Horácio trabalha com música e me presenteou com uma trilha sonora muito dez, com vários cantores franceses. Adorei! Eu achava que música francesa era chata e melosa demais, imagina. Amei Benjamin Biolay, Amélie-Les-Crayons e Vanessa Paradis.

O Francisco e eu preparamos tudo. Da comida à decoração. Flores e velas para a mesa. Compramos pães deliciosos e fizemos patês. Para beber, sucos (porque refrigerante está fora do nosso cardápio) e vinho, bebida que Mário nunca deixa de oferecer aos convidados. Ele abre sua adega e dá uma aula sobre o vinho escolhido. Foi um encontro simples e agradável. A Marina esteve presente. Era citada por Francisco e seu pai, de forma leve, embora sentida. Eles não disfarçam a dor, mas também não se afogam nela. Conviver com essa família me ensinou a pôr em prática o discurso da minha mãe sobre o controle dos afetos, sobre ver as coisas como elas são, sem dramatizar, sem julgar e não se culpar.

Ouvi sobre isso a vida toda, mas nunca atuei sob esses princípios, porque na minha casa não é consenso. Mamãe é quem faz disso um exercício. Já meu pai e Luca são terríveis, passam o tempo todo se enrolando em justificativas e explicações para seus maus modos, para as coisas que prometem e não fazem. Na família do Francisco existe mais coerência entre a fala e a ação.

Com eles, reaprendi a comer. Ficou claro para mim que também somos aquilo que comemos e *como* comemos. Eu observava Marina cozinhando. Um jeito muito diferente do nosso. Lá em casa a comida é suculenta, com muito molho. Doces e mais doces, refrigerantes, pães e bolos de farinha branca. Na casa deles, a alimentação é à base de alimentos integrais, verduras e frutas, sempre orgânicos. Praticamente não entra alimento de supermercado, tipo enlatado e comida de pacote.

Fui alterando os hábitos alimentares e fiz opções. Troquei sanduíches gordurosos e pacotes de salgadinhos por sanduíches com pão integral, patês feitos de legumes, ricota, queijos temperados com salsinha, gergelim, nozes, amêndoas. Tudo delicioso.

Eu fazia uma imagem dessa culinária como sendo insossa, sem sabor. Imagina! E com eles não têm radicalismo. Deu vontade de tomar sorvete, toma. De sobremesa mais carregada no açúcar e no creme, come sem culpa. Apenas não deixa isso se tornar um hábito.

Troquei pratos de macarronada com molho, cremes e muita carne, por espaguete de farinha integral temperado com tomate e manjericão. Descobri o sabor das saladas coloridas salpicadas com frutas e temperos frescos. Os legumes e raízes viram suflês e purês suculentos. Nossa! O Mário faz um purê de mandioquinha que, olha, estou para ver uma comida tão fofa e saborosa. Desmancha na boca.

Francisco adora cozinhar e faz tudo com muito jeito. Poderia ser chef. Inventamos pizzas diferentes: escarola salpicada com manga, shitake com queijo gorgonzola, banana com canela. Panquecas doces e salgadas. Espinafre com ricota e uva passas, amêndoas com mel. Fruta virou prato principal. Misturamos o que combina. Banana com aveia e mel; mamão com iogurte; frutas secas e cereais; beterraba com laranja; couve com limão; abacaxi com hortelã. Sempre tem espaço para o chocolate, principalmente quando tem mais cacau que açúcar.

Além de saber o que comer, o bacana na casa do Francisco é que eles sabem como comer. Estabeleceram algumas regras para as refeições. Por exemplo, na mesa não se discute. Ali é espaço para confraternização. Um momento especial. Vivem encontrando motivo para brindar, mesmo que seja um corte de cabelo. Eles me mostraram que mesmo as pequenas conquistas, as coisas aparentemente insignificantes, são importantes para a gente se manter num caminho de harmonia. Deve-se festejar por simplesmente acontecerem.

Lembro quando Francisco contou a seus pais sobre o elogio que recebi do professor de Literatura. Não teve dúvidas. Marina assou uma torta de queijo para o jantar, que era de morrer de tanto comer. "Vamos celebrar a nossa escritora", disse ela. Os pais beberam vinho e ofereceram um pouco para mim e Francisco. O vinho, como a alegria, faz parte daquela mesa. Uma taça e muito riso.

Francisco é meu aliado. Quando assumimos o namoro, no início do ano, ele começou a vir à minha casa com mais frequência, e a cozinha se tornou um espaço para alquimias. Tudo vira banquete, degustado lentamente e com prazer. Passei a sentir o cheiro e o sabor dos alimentos. Antes eu engolia comida com ansiedade. Agora, paro e como. Faz toda diferença.

Radicalizei em algumas coisas. Por exemplo, parei de comer carne de qualquer espécie após ver alguns vídeos sobre criação e abate de animais. Crueldade. Francisco nunca comeu carne ou derivados. Influência da família.

Se tem uma data que gosto de comemorar é aniversário. Neste ano o encontro foi agradável e saboroso. Ficamos com os amigos praticamente o tempo todo, comendo e conversando. Os assuntos dão cria naquela mesa, não há censura para eles. Vale qualquer coisa desde que se respeite a opinião do outro. Também não há censura com a comida. E agora me parece tão razoável pensar que é uma loucura esse movimento de regime, controle rígido de calorias, remédios, cirurgias. É sensato cuidar da saúde, claro, e se a gordura causa danos à saúde, é preciso vigiar mesmo. Mas é possível ser gordo e saudável. Agora eu sou. O grande presente do novo ano foi a consciência de que não preciso virar uma ninfa magérrima para ser feliz.

36

Meu caderno, vou contar uma grande descoberta, um *insight* dos bons. Só agora, após o contato com a morte, é que me dei conta de que o sentido da vida é a própria vida. Quando iniciei o regime, há três anos, eu não tinha a consciência de que o maior obstáculo para emagrecer estava na minha forma de ver o mundo. Eu pensava "gordo". Não me continha na frente da comida. Comia mais do que precisava, compulsivamente. O que eu devorava, de fato, era a baixa autoestima, a ansiedade por não me sentir aceita e querida, por ser rejeitada por mim e, consequentemente, por todos. Esses sentimentos provocavam ausência de sentido para viver.

Francisco me ajudou a ver o sentido. Chegou a hora de eu retribuir. Esses dias ele fez uma confidência: "Seria muito difícil passar por esse momento sem você. Às vezes tenho a impressão de que a vida perdeu sua razão de ser". Chegará o tempo em que ele vai perceber que isto não procede, a vida se basta, em qualquer situação. Foi isso que ele me ensinou.

Aos 14 anos, quando coloquei na cabeça, "vou emagrecer e não ser mais motivo de risada", eu não imaginava o que viria pela frente e o que isso provocaria no meu ser. Felizmente, mudei internamente. Eliminei os excessos, físico, mental, emocional, e recuperei a leveza de viver. Passei a tratar o corpo, a alma e o espírito só com aquilo que me faz bem.

Olha só! Agora saltou à memória a gorda desastrada que fazia tudo errado. Cheguei a sentir o gosto amargo da baixa estima por mim mesma e a acidez da impotência. Respira fundo, Ana, respira fundo e relaxa. Lembrei-me do caminho feito para chegar aqui, assumindo deboches, risos sarcásticos, piadinhas de mau gosto. Lembrei-me da coragem e da persistência que eu tive. Agora posso dizer, sem receio de não estar sendo verdadeira, que esses traços tornaram-se marcantes na minha personalidade. Virei do avesso, mudei desde a forma de comer, até a maneira de pensar.

Nessa colcha de retalhos, costurada com recordações e afetos, descubro que meus escritos têm até cheiro e sabor.

37

Tenho estado cada vez menos presente neste caderno. Meu mundo de fora tem me exigido mais que o mundo de dentro. Desde que a Marina morreu, passo meu tempo livre com o Francisco. Aprendi que a dor do outro redimensiona a nossa. É como se eu tirasse o foco de mim e voltasse para o exterior. Nesse caso, para o Francisco. Ele precisa mais de mim nesse momento do que eu preciso de mim mesma. Além disso, tenho estado bem.

As situações que vivi, desde o início do ano, têm me ajudado a assumir quem estou me tornando e o corpo que tenho. Minha constituição é essa: sou grande. Afinal, meus pais e avós também são. É bobagem eu querer ser o que não faz parte minha natureza. Sofrer para me tornar uma ninfa? Não tá certo.

Eu fazia regime e depois engordava tudo outra vez, porque me frustrava e comia ainda mais, por não chegar ao peso dito como ideal. Ideal para quem? Já intuía que o corpo fala por meio das dores e alegrias. Hoje tenho certeza.

Além do mais, descobri a palavra "exuberante" e fiz as pazes com os adjetivos. Agora sou assim. *Exuberante*. Falo de boca cheia, a gorda não existe mais, quem ocupou seu lugar foi esta garota exuberante. Sou grande e cheia. Estou mais para tigresa que para gatinha. Este é o meu corpo.

Vou assumindo o que me pertence. Meus cabelos, por exemplo. Eles sempre foram crespos e ruivos, e eu os chamava de "cabelo ruim". Mantinha-os presos, sufocados em rabos de cavalo. Agora estão livres das presilhas, me apropriei dos cachos e do volume. É uma cabeleira e tanto. Até as Anas aprovaram. Uma delas palpitou: "Vai ficar ridícula!". Mas a outra rebateu em seguida com um "exuberante". Pronto. Estava descoberta a palavra que faltava no meu dicionário. Gostei.

A poucos meses de completar 17 anos, finalmente encontrei meu jeito e estilo de vestir, com a ajuda especialíssima da Julia. Ela desistiu da ideia de ser juíza e resolveu assumir sua habilidade artística para criar roupas. Ela é boa demais. Vai cursar design de moda. Grande acerto.

Adotei um figurino que combina com a nova Ana. Nada mais daquilo que eu usava anos atrás: roupas largas, largadas, camisetas que chegavam ao meio da coxa, por cima de jeans sem graça. Desfiz-me de todas as peças que me mantinham presa ao tempo da depressão por ter que emagrecer, emagrecer a qualquer custo, para depois engordar, e emagrecer, e engordar, e a ansiedade que não ia embora, e comer a ansiedade com farinha de mandioca. Ufa!

Fomos atrás de calças com bom corte. Passei longe do jeans, chega, tenho trauma dessa peça. Está certo que todos os jovens usam, mas eu não sou "todos", eu sou Ana, a exuberante. Julia aprovou; "tem modelo de calça mais elegante do que jeans apertado". Tipo pantalonas, de tecidos mais leves, como as que adotei. Blusas com cortes e recortes diferentes, mais curtas. Assumi as formas do meu corpo. Superjusto, não. Não combina comigo. Descobri que adoro vestidos e saias longas com panos macios. Gosto do roçar da seda, da malha e do algodão na pele.

Cor. Agora eu sou cor. Cores serenas, como eu. Ressalto o que gosto em mim: meus olhos; os seios bonitos (então decote neles). O sorriso, agora o verdadeiro. E meu lado espirituoso resgatado do íntimo da nova Ana.

Quem gostou do novo modelo foi Francisco. Disse que eu lhe surpreendo, nunca sabe que Ana irá aparecer no dia seguinte. Assumi que sou uma garota peso-pesado e bem vistosa, gorda de emoções. Uma garota exuberante.

38

Outro ano chega ao fim. Quando olho para trás, percebo que caminhei um bocado. Eu me dou conta de que já carrego muitas histórias na minha mochilinha da vida. Umas tristes, outras alegres. Se tivéssemos uma bola de cristal para prever o futuro, a vida não seria tão encantadora e instigante. Quando nos entregamos ao imprevisível, a existência fica com cara de caixinha de surpresa. Quanta coisa sai dali. Nunca se sabe se uma dessas não é aquela que vai fazer a diferença.

Francisco, meu amor. Quase três anos juntos. Estudamos, namoramos, crescemos e nos transformamos. Aprendemos a aceitar que, embora a gente não siga o modelo de beleza do momento, ainda assim podemos ser lindos, saudáveis e felizes.

Lembro-me dos apelidos que usavam para se referir a mim, anos atrás: baleia, balofa, tonelada, gorda desajeitada, gorda, gorda, gorda. De todos, o que eu mais detestava era fofinha. Não há nada mais hipócrita do que usar de eufemismo para disfarçar o preconceito. Até hoje

Francisco brinca com minha implicância. Às vezes, para zoar, ele me chama de fo-fa-e-xu-be-ran-te. Assim mesmo, sílaba a sílaba.

Nossa vida tem sido um constante movimento. Não há rotina. Não deixamos o tédio se instalar. A gente adora ir ao cinema, shows de música, ver algumas peças de teatro, exposições de arte. Quando os eventos são gratuitos não pensamos duas vezes, mesmo que seja para ir e depois dizer, "foi ruim, né?". Se não tivéssemos ido, nem poderíamos ter opinião. Quando é preciso comprar ingresso, juntamos as economias, quebramos o porquinho, sacamos a poupança e a mesada.

Temos o privilégio de morar numa cidade que investe na cultura.

Aqui tem uma cinemateca que exibe mostras gratuitas de importantes diretores. Esse tipo de filme não passa nos cinemas do shopping. Tenho um namorado com cabeça aberta, inteligente, culto e gostoso. Quer mais?

Vejo os colegas da nossa idade. Passam a maior parte do tempo livre na frente da televisão. Cinema, só se for o sucesso do momento, mesmo que seja porcaria. Tornam-se pessoas sem opinião, repetindo o que todo mundo faz, acreditando que devemos ser todos iguaizinhos, pensar igual, comer igual, vestir igual, enfim. Os caras se tornam uns robozinhos. Ah, gente, evolui, né?

Algumas dessas pessoas têm mesmo o tal espírito de noz do conto indígena. Criam aversão pelo diferente, tornam-se agressivas e com atitudes violentas. Vemos isso o tempo todo. Matam outros seres humanos porque são negros, índios, gays, pobres, sujos. Nunca permitirei que meus filhos passem pelas situações que passei. Quero que sejam criados numa atmosfera de compreensão, aceitação e tolerância com as diferenças.

O que senti e vivi naqueles anos cinza, dos 11 aos 14 anos, causou uma forte impressão no meu ser. Dessas experiências, guardei a parte boa que fez com que eu me tornasse uma pessoa mais consciente. Descobri, dentro de mim, uma maneira de viver bem e feliz sendo como sou, e isso me agrada bastante.

Daqui a pouco começamos a faculdade. Francisco quer estudar jornalismo e ser correspondente internacional. Colocar o pé no mundo. Vou junto. Seu jeito aventureiro me encanta. Eu também já me decidi. Quero fazer cinema. Documentários sobre a natureza e a vida marinha. Dessa forma vou chegar perto do meu sonho: trabalhar na água e com a água.

Já me inscrevi para fazer um curso de cinema e outro de mergulho nas férias. O de cinema dura um mês. O de mergulho é mais rápido. O batismo é num lugar lindo. Quem virou o nariz quando falei sobre isso foi meu pai. Ficou traumatizado com o mar. Eu preciso ser muito boa no mergulho para gravar além dos sete mares. Tenho pesquisado sobre o assunto. Leio livros e matérias a respeito de pessoas que documentam a vida marinha. Elas fazem trabalhos interessantes e necessários. Não sei muito bem como será esse caminho, mas vou descobrir. Esse é o presente que a vida oferece para quem sabe pedir.

Continuamos a fazer banquetes e considerar um privilégio estar em torno de uma mesa recheada de alimentos bonitos, saborosos e saudáveis. Alguns amigos acham que é loucura a gente ficar em casa sábado à noite, inventando coisa para comer, lendo. Acham que adolescente tem que estar na rua o tempo todo. Ah! A gente gosta de sair, mas não assim, direto.

No dia em que Francisco voltou a falar, fiz uma ceia para ele. Inventei um risoto de gorgonzola com shitake, luz de velas e petit gâteau com sorvete de melão que comprei numa sorveteria que é um arraso. A gente concorda que o mais importante é partilhar os eventos bons. Não evitamos falar sobre o que nos desagrada. Mas esses assuntos ficam para o círculo da palavra. Nosso momento de exercitar o hábito de falar e ouvir.

Ouvir é uma prática difícil. Inicialmente a gente cortava a fala um do outro. Aí percebermos que daquele jeito não chegaríamos a lugar algum. Se fosse para sentar e conversar, seria também para ouvir. Confesso que essa atitude se repete mais comigo. Venho de uma família que ouve pouco e justifica muito. Francisco sempre foi melhor ouvinte. Acho que ele exercitou o hábito na terapia. Abrimos o círculo da palavra para colocar ordem no caos. Mas nunca tanta ordem a ponto da normalidade nos tornar medíocres. Minha frase preferida sempre foi: "Cuide bem da sua loucura, ela garante sua criatividade".

O Francisco foi o grande encontro que fiz na vida. Com ele entendi como se conjuga o tempo presente. Logo que chegou à escola, percebi que ele tinha uma atitude positiva diante da vida, e fui me dando conta de que daquele jeito era mais fácil e agradável viver. Até quando seu mundo mergulhou na tristeza e dor, ele conseguiu manter o olhar confiante para o futuro. Acredita que tudo tem um sentido, mesmo que no início não se perceba qual é. Nessas horas, diz ele: "Eu me pergunto: o que posso aprender, o que isso tem a me ensinar?".

Ducentésima página do caderno. Hora de encerrar esta longa carta dirigida a você, querido caderno. Pretendo fazer um encerramento dizendo que minha vida vem sendo construída a cada instante. Vivo cada momento como se fosse único, com a clareza de que o passado foi definitivo para ser o que sou. Como se daqui a pouco um tsunami pudesse passar por aqui e me levar. Como se eu fosse explodir de contentamento no ar.

Com carinho, Ana Vitta

Agradecimentos

Quero agradecer a algumas pessoas que acompanharam a construção da Fofa. Inicialmente a Julia Buzzi e a suas amigas, que durante o seu aniversário de 12 anos conversaram comigo sobre suas vidas, desejos e preferências. Neste momento relembrei meu tempo de pré-adolescente e enxerguei o espírito da Ana.

Às garotas Brisa e a Kamala que revelaram os bastidores da sua escola, as gírias e textos usados por elas e suas colegas, e compartilharam impressões significativas sobre ser adolescente. Por ouvirem trechos do livro e revelarem os sentimentos provocados por eles.

A Alexandre Faccioli pelas leituras e opiniões sensatas e enriquecedoras. A Edson Duarte por ampliar a leitura do livro ao nomeá-la como uma espécie de escrita de iniciação, onde Ana escreve sua própria história, materializano-a em palavras.

A Elza Quevici, uma fofa de querida, a quem dedico este livro, por me mostrar que gente gorda pode ser mais ágil que muita magrela e que o mais importante é ser saudável e feliz.

Todo carinho a quem fez este livro chegar até você: minha agente literária Luciana Villas-Boas por acreditar na Fofa, lançar seu olhar generoso para ela e apresentá-la à editora Ana Lima, que materializou meu sonho.

Por fim, agradeço a você, leitor, por dar vida ao meu texto. Como a semente precisa do solo para germinar, a alma dos que me leem é o solo para o que escrevo.

Este livro foi composto na tipografia
Cantoria MT Std, em corpo 11/15, e impresso em
papel off-white no Sistema Digital Instant Duplex
da Divisão Gráfica da Distribuidora Record.